河出文庫

きょうのできごと
増補新版

柴崎友香

目次

きょうのできごと

「レッド、イエロー、オレンジ、オレンジ、ブルー」　三月二十五日　午前三時光で、目が覚めた。

右側から白い光が射していて、中沢が窓を開けて少し身を乗り出すのが黒い影で見えた。白くて強い光だったから、一瞬、朝になったのかと思ってしまった。たぶん、京都南インター・チェンジの入口で、窓の外では、金属の四角い箱の縁に光が反射していた。中沢はその箱の中ほどから小さな紙を取り出し、少しも見ないままそれをズボンのポケットに入れた。わたしは座席に深くもたれたまま、その作業を眺めていた。いつ眠ったのか覚えてないけど、ずっと頭を垂れて寝ていたみたいで、首の左側にシートベルトが食い込んで、ちょっと痛かった。触ってみると耳の下から斜めに跡がついていた。その跡を撫でながら、小学校のときから知っている人が、こうしてお父さんがするような車の運転や高速道路の乗り降りをなんのためらいもなくしているのを見るのは、妙な感じがするもんやな、と思った。

窓を閉めてから、中沢はわたしが起きているのに気がついた。料金所を出ると、やっぱり周りは夜だった。

「なんや、けいと、起きてたんか」

「うん。今起きた。珍しいな、高速乗るなんて」

中沢は、ルームミラーで後ろの座席をちらっと確認した。

「だっておまえも真紀もすっかり寝てるし、早く帰ったろかなあって。話し相手もおらんくて、暇やし」

「ああ、ごめんごめん。わたし、いつから寝てた？」

「もう、すぐやで。正道の家出て、二つ角曲がって、東大路に出るぐらいにはもう寝てたな。ちょっとコンビニ寄ろか、とかって聞いたら返事ないもんな」

「ほんまに。あんまり眠たくなかってんけどな」

「眠たいって思う間もなく寝たんちゃう？　真紀は車出す前から寝てるしな。もう早よ帰ろと思って高速にしたんや。飲みすぎや、おまえら」

「寂しかった？　ごめんなあ」

「その代わり高速代出してな」

「えー」

「当たり前やろ。おれは貧乏学生や」

真紀ちゃんとわたしで半分にしてよ、と言いながら後ろを見ると、真紀ちゃんはシートに横になり、中沢のコートをかけて丸くなってよく眠っていた。一定間隔で並んでいるオレンジ色のダイオード灯が作る影と光が、真紀ちゃんの長い髪や体に形を合わせて通り過ぎた。

　前に向き直ると、夜の道が緩やかにカーブして続いていた。

「でもいいなあ、正道くん。大学院受かって。わたしも京都で学生生活してみたいなあ」

「そうやなあ。京都ってなんか知的な響きやしな」

「毎日今日みたいに飲み会できそうやし」

「飲むことばっかり考えてるよな、けいとは。さっきも飛ばし過ぎやって。かわちもひいとったで」

「そうかなあ、やっぱり。だって、男前がいてるとうれしいやん。あ、聞いてえや、かわちくんと遊びに行く約束したで」

「どうせ無理に承知させたんやろ。かわちも気い弱いしな。彼女おるから無駄やって言うてんのに」

「ええもん。ちょっと仲よくなりたいだけやもん」

「そんなん言うて、いつも世界の終わりみたいに大騒ぎすんのはだれやねん。道路で転がっても、もう面倒見いへんで」

「過ぎたことやろ。次はうまくいくって」

「おれもそう願ってるわ」

　中沢はわたしと話していても、ずっと前を見ていた。窓の外で、車が追い越していったり追い越されていったりした。わたしはいくつかの車のテイルランプを目で追いながら、今日あったことを思い返していた。

「それにしてもさあ、てつくんのこと、なんか残念っていうか、がっかりしたっていうか。逮捕されたってことがじゃなくて、なんか……」

「期待外れ」

「あー、そう、そういう感じ。てつくんはもっとすごいことしそうやったから」

　知り合いが新聞に載るという経験を、初めてした。正道くんの引っ越し記念飲み会に行く途中、ほんの小さな記事のために、わたしと中沢はコンビニエンスストアで全部の種類の新聞を買った。

「賭博喫茶従業員やもんなあ。顔写真も載れへん」

「わたし、絶対てつくんは新聞の一面飾るくらいのことしてくれると思ってたのに」

「そうやよなあ。だって九歳で密航して上海目指したもんな」

「結局大陸は踏まれへんかったけど。あん時は学校も近所も大騒ぎやったよなあ。てつくんの周りの子らは変に得意顔やし」

「チーム・ファイヤーテツやろ、上履きに炎のマーク描いとった」

わたしも中沢も思い出して笑えた。中沢は運転席の窓を少し開け、ポケットから煙草を出して火をつけた。運転しながらなんでこんなことが滑らかにできるのかと、わたしはいつも不思議になる。開けた窓から春先の冷たい風が吹き込んできて、まだちょっと酔っている体には気持ちよかった。

「実は、おれも密かにファイヤー描きたかったなあ。学級委員やからできへんかったけど」

「そんなん思ってたんや。でもわたしもてつくんにはいろいろ教わったこともあるし、そういう気持ちもわかるわ」

「何？　教わったことって」

「あることないこと、ほんまのこと嘘のこと、いろいろや。一組と二組の先生はできてるとか、自転車の鍵の壊し方とか、しょうもないことやけど」

中沢は、運転してるので仕方ないけど、ずっと前ばかり見ていたので、わたしも前を見た。少し下りになってからまた上りになっているので遠くまで見通すことができ、走っている車線には同じような間隔で赤いテイルランプが二列並んでいた。対向車線には黄色いヘッドライトがやっぱり二列続いてる。赤、赤、赤、赤。黄色、黄色、黄色、黄色。

「でも、そんなかでもいちばん感心したのは、いつから明日になるか教えてくれたことやなあ」

「へえ、てつくんとそんな話してたんや」

　中沢は、料金所を出てから初めてちらっとわたしのほうを見た。

「一年のときか二年のときか忘れたけど。そのころわたし九時には寝てて、今じゃ考えられへんけど。それで朝になったら明日になってるやん？　いつも寝るときに今日と明日の境目っていつなんやろう、朝まで起きてたらわかるんかなあとか考えててんやん。それを図工の時間に隣におったてつくんに言うてん。ほんなら、そんなんも知らんのか、十二時から明日やぞって。結構衝撃やったわ。明日って時間で決まってるんやあって」

「てつくんは夜更かしやから知ってたんかな。でも、けいと、じゃあ明日はなんで決まってると思ってたん？」

「わからんけど。でもその日によって違うと思っててん。ほら、春って四月一日からって決まってるわけじゃないやん。そういう感じ」

「今日は平年並みでした、って感じ？」

「そう、そう」

中沢は、おれはどう思ってたかなあ、と首をひねりつつ、煙草を灰皿で押し潰して窓を閉めた。静かになった。

「でも、わたし思うけど、やっぱり十二時で明日とは思われへんわ。そういうふうに決めとかないと困るからそうなんやろうけど。だって、いまだって夜中の三時やけど明日じゃないやん、今日は今日や」

「感覚としてはそうやな。じゃあ、朝が来たら明日っていう気がする？」

「そのほうがまだわかるな。でも、どっちかっていうと、今日と明日のそんなはっきりした境目ってあるんかなって感じかもしれへん。終わり、はい、次、っていうのが。冬と春だってそうやん。暖かくなってきて、ふと春やなあって思うやん」

「そうやなあ」

しばらく行って、長いトンネルに入った。真紀ちゃんは全く同じ姿勢で眠ったままだった。ずうっとオレンジ色の光が続く中で、窓ガラスに頭をつけてもたれていると、閉じた窓を通して、車の走るぼぼぼぼっていう音がくぐもって聞こえた。

「トンネルのこのオレンジの光にあたってると、なんでも灰色に見えへん？　なんでなんやろ」

中沢はわたしのほうまでは見なかったけど、ハンドルを握っている自分の灰色の手に目をやりながら答えた。

「それはあ、色彩光学を習ったおれにはわかるけど、長い話になりそうやからやめとく。また今度」

「ふーん。光の三原色とかそういうの？」

それには答えないで、中沢はしばらく左右に一列ずつ並んで続いているオレンジの光を見ていた。わたしは、また眠たくなってきたのを感じ始めた。

「こういうトンネルって、映画に撮ったらごっついかっこええねんで。せえしゅんええがあ、って感じがすんねんで。おれも次はこれやな」

「はいはい。もうわかったって、映画の話は。だいたい『次は』ってなんなん。カメラ回したこともないくせに。ほんまもう、映画撮る撮るって七百回は聞いてるな」

「うるさいなあ、そこまで攻撃せんでもええやろ。これやからおまえは……」

「だって事実やん。真紀ちゃんだってそろそろ、口ばっかりやって思ってると思うわ」

振り向くと、真紀ちゃんは眠ったままだったけど、ちょっと笑ってるみたいに見えた。

「そんなことない。真紀とおれは深い深い愛で結びついてるんや。真紀はおれがいつかすごい、世界中の若者を熱狂させるような映画を撮るって信じてるんや」

「若者って……。どっから来るんかな、その根拠のない自信は。知らんで。真紀ちゃん、なんか悩んでるみたいやったなー」

「えっ、なにそれ。二人の愛についてか？」

「教えたれへん」

「気になるやんけ。変なこと言うなよ。まあ、おれと真紀のことはけいとに心配してもらわんでも、世界一ハッピーな二人やからな」

「そういうことにしとくわ。なんでもええけど、真紀ちゃんのこと不幸にせんとってや。会わせたのわたしやから責任感じるやん」

「だから心配してもらわんでええって言うてるやん。おまえこそ、早よええのん見つけろよ」

そうやってしばらく言い合ってるうちにトンネルが終わって、また紺色の夜の世界に戻った。真紀ちゃんは身動きしないままだった。わたしは、防音壁の周りにときどき見える暗い木々を見ているうちに、また眠った。

次に起きたとき、周りには高い建物がたくさん見えた。もう大阪市内なんか、と、ぼんやり外を眺めていると、中沢がわたしを見た。

「やっと起きたな。寝るなって言うてんのに。寂しいやんけ。こんな夜中の道を一人で走っとったら」

「だって眠たいもんはしかたないやん。まだ眠たいから、たぶんまた寝るわ」

「なに言うてんねん。起きとけって言うてるやろ。そうや、しりとりや、しりとりすんぞ。なかざわよしひろ、はい、ろや、ろ」

「えー。なにそれ」

「止めたほうがおごりで来週焼肉な。ろや、ろ。十秒以内」

「勝手に決めんとってや。もー。ろ？　ろ、ろ、ロンドン……橋」

「ロンドンって言いかけたやろ、今、ロンドンて。もう終わりか。早や」

「ロンドン橋ですう、ば、し。はい、し、やで」

「しか」「カーミット」「とかげ」「現金に体を張れ」「れいし」

しばらく続けた後で、中沢はちょっと考え込んでから言った。

「英語のしりとりってどうするん？　Ｎで始まる言葉あるから終わらんやん」

「続かへんかったら終わりやろ。中学の英語の時間に言ってたやん。Ｋで始まる単語とかが少ないから、そういうので行き詰まって終わるって」

「ふーん。なんかおもろないな。あ、しまった、っていうのがないやん」

中沢はふに落ちないようで、しばらくぶつぶつ言っていた。十秒ルールは忘れているみたいだった。

「でも、世界にはずばり『ん』で始まる言葉だってあんねんで」

と、わたしは少し得意気に言ってみた。

「どんなん？」

「ンジャメナ、とか」

「なにそれ」

「アフリカの地名。アフリカの言葉には結構あるらしいで」

「へえ、そうなんや。ほかには？」

「それしか知らん」

「なんや。ほんならやっぱり次に『ん』が出たらすぐ終わるやんけ」

「ほかにもあるもん、調べたら」

「なにで調べんねん」

「うーん、スワヒリ語辞典」

「ほんまやなあ。今度までに調べとけよ」

「なんでよ、べつにわたしさっき『ん』で終わってないやろ。あれ、さっきなんやったけ」

と、悩んでいるうちにわたしはまた眠くなってきた。

「なんやったけ」

「やっぱり、眠たい。寝るわ。おやすみ」

「あっ、寝るな、おーい、もうすぐ着くやん。起きとけよー。けいとー」

そんな中沢の声もぼやけて柔らかく響き、わたしの目はだんだんと視界が狭くなっていった。体が温かくなってくるのを感じつつ、後ろを振り返って真紀ちゃんを確認すると、やっぱり微動だにせず眠り続けていて、きっと朝まで寝ているんやろうなと思った。

　ちょうど高架道路から降りるところで、その下降していく感じはとても心地よかった。降りて信号待ちをしていると、すぐ横にあるコンビニエンスストアの前で、自転車に三人乗りして来たらしい高校生ぐらいの男の子が、ほかの二人の乗った自転車に置いていかれそうになって、飲みかけのペットボトルを持ったまま慌てて追いかけていくのが見えた。青いネオンサインに照らされている光景を見ながら、次の映画はこれでいくというさっきの中沢の言葉が、今度はほんとうでもいいなと思った。目を閉じると、オレンジ色の光がいくつも見え、それを数えている間に今日何度目かの眠りについた。

「ハニー・フラッシュ」　三月二十四日　午後六時

スカートがなかった。

朝一番に行ったのに、確かに開店から三十分ぐらいは経っていたけど、早起きしたのに、なかった。昨日掛かっていたところにもなかったし、店員さんに聞いたらもう入荷もありませんと言われた。濃紺の、ウエストのところに赤いラインが入ってる、一目で気に入ったスカートだったのに。こういうのほしかったんや、って心に響くかわいさだったのに。もうなかった。なんで？　わたしのやん。

そのせいで、中沢くんの家に着いたときも、それからけいとと三人で車に乗って正道くんの引っ越し祝いのために京都へ行く間も、わたしの気持ちはかなり沈んでしまって、あんまりしゃべることもできなかった。それに、運転している中沢くんと後部座席に座っているけいとは、小学校の同級生が捕まったとかいう話で盛り上がっていたのだけど、二人を二年くらい前からしか知らないわたしはその話がよくわからなくて会話に入れないのも悔しかった。それで、助手席で窓にもたれて振動を感じながら、ぼんやりと、通りすぎる家とか幹線道路沿いの派手な看板とかを見ていた。

「そんなにスカートなかったんが悲しいん？」

わたしがずっと黙っているので、中沢くんが聞いた。

「悲しい。めちゃめちゃ悲しい」

「また、いいのんあるって。そのスカートとはちょっと縁が薄かったんやわ」

けいとは、中沢くんの家で会ったときからそんな感じで慰めてくれていたけど、わたしの心の中にはあのスカートのかわいさが湧き上がってくるばかりだった。

「だって、ほんまにかわいかってんで。絶対、あれ着たらわたしもすごい勢いでかわいくなったと思うし、わたしのためにあるようなスカートやったのに、なんでー、なんでー」

「そうやな。わかったから」

「わかってないわ、中沢くんには。だって、だってなあ……」

辛すぎて言葉が続かなかった。昨日バイトの帰りに見つけて、今日が給料日だったから朝銀行でお金を下ろして買いに行って、そしたらもうなかった。走ったのに。丈もちょうどよかったのに。あれは絶対、だれかがわたしのために作ってくれたはずやのに。

「そんなに悲しいかなあ。スカートやったらこの間も買うてたやん」

「悲しいって言うてるやん。もうほっといて」

「そんなんさあ、取り置きとかしててもらえばよかったやん」

「そんなことわかってるうー。なんでそんなこと言うんよお。あー、もう、欲しかったのにー、そんなん言うんやったら中沢くん買うてきてよ。なんとかしてー」

「落ち着いて、真紀ちゃん。もー、中沢のあほ。黙っとき」

　わたしは叫びそうになる自分が嫌になって、中沢くんとは逆のほうを向いた。見ると、サイドミラーに自分が映っていて、それは歪んでて少しもかわいくなく、どちらかというとおもしろい顔で、ますます悲しくなってしまった。車に乗っている間にちょうど日が暮れて、ほんとうに悲しい気持ちになった。高槻のあたりで、少し高架になっている道路からたくさんの家の屋根がびっしりと並んでいる雨上がりの町が一望できて、そこで新幹線がすぐ近くを通り過ぎていったときなんか心の底から悲しかった。あんまり悲しすぎるので、もうスカートのことは考えないようにしようと思った。


　正道くんの家は、二階建ての小さい木造の家で、おばあちゃんの家に似ていた。笹の模様の入ったガラスの引き戸を開けて家の中に入ると、料理を作っている匂いが充満していた。玉葱をバターで炒めるときの匂いとか、醬油の焦げる匂いとか。

「ええなあ、こんなええとこ住むんや」

「雰囲気的にはええけどなあ。めっちゃ寒いで、隙間風で。春やのに昨日の夜中凍死しそうになったもん。冬が怖いわ」

　今晩は正道くんの引っ越しと大学院の入学祝いで、わたしたちのほかに三人の男の子がいた。みんな中沢くんと正道くんと同じ研究室の人らしかった。靴でいっぱいになった狭い玄関を上がってすぐにある六畳ぐらいの部屋には布団のないこたつのテーブルだけが置かれていて、その向かいにある大きなテレビのほかには家具らしいものはなく、解きかけの段ボール箱が壁際にいくつか積んであるだけだった。茶色い畳とくすんだふすまと安っぽいアルミの窓枠に囲まれた部屋は、七人も人がいるとトイレに行くのも苦労しそうだった。

　家具のない部屋とは対照的に、テーブルの上にはいっぱい料理が並んでいた。大皿のちらし寿司を真ん中に、洒落た居酒屋並みの料理がお皿が重なり合うくらいにたくさんあった。

「これって、正道くんが作ったん？」

「うん。おれと、そこに座ってる後輩が手伝ってくれた。かわちっていうねん」

　正道くんは冷蔵庫から何種類かの酒瓶を出しながら、テーブルにグラスを並べている男の子をあごで示した。男の子は男の子なんだけど、色白で華奢でとてもかわいい顔をしていて、茶色い短い髪がよく似合っていた。これはけいとがほっとかないと思った。正道くんの後輩ということは中沢くんの後輩ということだから、テーブルの前に腰を下ろした中沢くんと少し学校の話をしていた。

　テーブルを七人で囲んで座ると、思った通りとても窮屈な感じだった。わたしは中沢くんの隣に座って、わたしの隣にはけいとが座って、けいとの隣がかわちくんだった。けいとは既に満開の笑顔で、かわちくんを質問攻めにしていた。わたしの向かいに正道くんがいて、その両脇に初めて会った人が二人座っていたけど、その二人は普通のジーンズに普通のタートルのセーターを着ていて、中ぐらいの背の高さと体格で、これといって特徴のない一か月散髪に行っていないような髪型をしていた。名前は聞いたけどなかなか覚えられなかった。しかたがないので、心の中で緑のセーターの人と黒のセーターの人というふうに区別することにした。

　ほかの人はビールだったけど、わたしとけいとは酒瓶の中から緑色の日本酒の瓶を選んで、お互いに注ぎ合った。透明のお酒が瓶から流れ出た瞬間に、とてもいい匂いが広がった。中沢くんは横目でそれを見ながら、自分のグラスにはコーラを注いだ。みんなで適当におめでとうとか言って乾杯をして、一口お酒を飲んだ。

「おいしいー」

「うん」

「これ、ええお酒やわ」

わたしとけいとは頷き合って料理に手を伸ばした。

「おいしいやーん」

「ほんまや。これもおいしいでえ」

二人でとりあえず全部のお皿から一口ずつ食べてみたけど、ほんとうに全部おいしかった。

「すごいなあ、正道くん。こんな技があったんや。天才やな」

「かっこいー」

わたしとけいとは正道くんを称賛して、ちらし寿司とぶりの照り焼きをお皿にとってどんどん食べ始めた。ますますおなかが空いてきた。今日初めて会った男の子たちは、かなりの勢いで食べて飲むわたしたちを、ちょっとびっくりして見ていた。正道くんは私たちの食べ方に気をよくしたのか、料理の解説をしたりお酒のグラスを用意したり、小まめに動き回っていた。

「正道、そんなに酒用意したらあかんやん。えらいことなるで」

中沢くんはコーラを一口飲んで山盛りの枝豆をぷちぷちと食べながら言った。飲めないからしかたないけれど、コーラで枝豆を食べておいしいとは思えない。

「だいたい、真紀、さっきまでしゃべられへんくらい落ち込んでたんちゃうんか。急に元気になって」

その瞬間、わたしは、スカートのことを思い出してしまった。スカート、もうわたしのものにはなれへんのやった。胸が痛い。

「そうや。思い出したやん。スカート。かわいいスカート。うう」

「あ、中沢、いらんこと言いなや。せっかく忘れてたのに」

けいとは中沢を睨んで、わたしの肩を引き寄せた。わたしは、また気持ちがスカートのほうへ行ってしまいそうだった。

「真紀ちゃん、考えたらあかんって。食べようよ、飲もうよ、ほら、おいしいもんいっぱいやし。おいしいもん食べたら幸せやで。お酒飲んでも幸せやで」

「おれがちゃんと送っていったるから、心ゆくまで食べとき」

わたしは、中沢くんとけいとの顔と、それから目の前にいっぱい並んでいる料理とお酒の瓶を見た。心の中にはハンガーに掛かったままの、あのスカートが浮かんでいた。

「うん。今日は食べる。飲む。スカートのことは忘れるわ」

右手でグラスを持って、日本酒に口をつけると、冷たくてとてもおいしかった。

「おいしいやーん。料理もおいしいわ、ほんま」

「まじで料理うまいよねえ。そう思わへん？　かわちくん」

けいとはもうかわちくんのほうに向き直っていた。そんなけいとにも、正道くんはてきぱきと料理を取り分けていた。

「そうやねん。正道って料理はうまいし、よう気がつくし、頭はええし、ほんまようできたやつやと思うわ」

緑のセーターの人がけいとに向かってそう言ったけど、けいとは、ふーん、とだけ言ってまたかわちくんに質問を始めた。

「真紀ちゃん、これもおいしいねんで。あとこっちの酒も」

正道くんは、ほうれんそうのピーナッツ和えとか冷や奴とかたこのバター焼きとか、料理の皿をわたしの前に笑顔でいっぱい並べてくれた。中沢くんもわたしとけいとのグラスにお酒を注いでくれた。おいしいもののお陰で心が安らいでくると、さっきから中沢くんにいじわるばかり言ってるなあと、少し反省した。

二時間後、わたしはお風呂場で緑のセーターの人、たぶん西山とかそういう名前の人の散髪をしていた。お風呂場は中学に行くまで住んでいた家のお風呂場に似ていて、水色のタイルにクリーム色の浴槽で、狭かった。幾何学模様の入ったすりガラスの引き戸を開けていないと動けなかった。わたしが目印にしていた緑のセーターを脱いで今はTシャツ姿のその人は、台所から持ってきたスチールのごみ箱を逆さにして座っていた。

「散髪得意なんやって?」

「そうやなあ、まあまあ」

もと緑のセーターの人はとにかく短くしてほしいということだった。正道くんに借りた工作用の鋏は思った以上に切れ味が悪かった。櫛もどこかのホテルから持って帰ったぺらぺらの頼りないもので、ほんとに散髪できるかなと思いながら、わたしは襟足のほうから少し髪を取って、リズムだけはよく聞こえるように鋏を動かした。

「よく友達の髪切ったりするん?」

「うーん、よくっていうか。一年ぐらい前に一回中沢くんの髪の毛切った」

「もしかして、それだけ?」

「うん」

「……大丈夫?」

お風呂場にいるからなのか、酔ってるからなのかはわからないけど、もと緑のセーターの人の声は夢の中みたいに柔らかく響いた。わたしは、天井の隅の黒いカビの塊が気になってしかたなかった。

「たぶん大丈夫」

ここの家には今、わたしと中沢くんとけいとと正道くんとかわちくんと緑のセーターの人と黒のセーターの人がいるのだけれど、時間がたっても緑のセーターの人と黒のセーターの人はわたしには区別が難しくて、しかも、飲んでるうちに二人ともセーターを脱いで似たようなTシャツ姿になってしまったので、手がかりがなくなってしまった。どっちも似たような中途半端な髪型をしているので、散髪したら区別がつくようになるかなと思って、散髪してあげることにした。黒のセーターの人は煙草ばっかり吸っていてほとんど口をきかないので、よくしゃべる緑のほうにした。

「まあ、適当に小綺麗になったらいいんやけど……」

「そうそう。失敗してもはげにしたらいいし。今、はやってるやん、坊主」

もと緑のセーターの人はなにか言ったけど、よく聞こえなかった。わたしは順番に下から上へ少しずつ髪の毛を取って、切った。まっすぐで固い髪の毛はつるつる滑って切りにくかった。耳だけじゃなくて、手の感覚も鈍くなっているみたいで、髪の毛は一本一本というよりも筆や刷毛みたいな束としてしか感じられなかった。

「西山、怪我してへんか？」

急に頭の後ろで声がして振り向くと、中沢くんがガラス戸に手をかけて覗き込んでいた。

「中沢、切ってもらったことあるんやろ」

「うん。おもいっきり失敗されたけどな」

「えっ、そうなん？」

「大丈夫やって。一回目より二回目のほうがうまくなってるはずやん」

わたしははっきり失敗と言われて、意地になった。

「別に練習してたわけちゃうやろ。しかも、めっちゃ酔うてるやん。鋏持ってるだけで怖いわ」

「えっ、そんなに酔うてんの」

もと緑の人は不信感に溢れた目でわたしの顔を見た。

「そうやで、顔には出えへんねん」

中沢くんがそんなことを言うのは、自分一人だけがしらふなのが悔しいからだと、わたしは思った。

「大丈夫。慎重にやるから。そっとしといて。終わったら中沢くんと遊ぶから」

「なんやそれ。心配して見に来たったのに」

「うまくできるんやから、邪魔せんといてよ。なあ、えーっと……」

「西山です」

「ほら、西山くんもわたしに任せてくれてはるやろ」

「いや、おれはべつに……」

中沢くんはもと緑の人に、怪我せんようにと言ってどこかに行ってしまった。わたしは少し悔しかったので、がんばってきれいに切ろうと決心した。しばらく無言のま ま、散髪屋のように格好よくはない、途切れ途切れの鋏の音だけが鳴っていた。

わたしに下を向かされたままの、もと緑が言った。

「中沢、よう話してるで、研究室で。おれの彼女はめっちゃかわいいとかやさしくてええ子やとか。だからみんな会ったこともないのに真紀ちゃんて呼んでるわ」

「そうなん？　そう言われると緊張するなあ」

わたしは学校で、よく知らないけれどたぶんパソコンや理科室にあったような実験道具がいっぱいある部屋で、わたしの話をしている中沢くんを思い浮かべようとした。だけど、頭があまり働いてくれなかった。

「後輩の女の子とか、羨ましがってるで。あんなに思われてたらいいなあって。ほんで今日はどんな人か見てきてって言われてんねん」

もと緑は頭を起こして振り返り、わたしの顔をじろじろと見た。その目つきが気に入らなかったし散髪ができないので、わたしは両手で頭を持って元に戻した。

「真紀ちゃんにもあの調子なんやろ。ああいうふうに言われるのってどうなん？」

「どうって、うれしいよ、めっちゃ。研究室の人にも言うといて、ええやろー、ほんまに仲よしやもーんって」

風通しの悪いお風呂場はだんだん暑くなってきて、小窓を開けていても、カットクロス代わりにごみ袋を巻いたもと緑の人の首のあたりには汗が滲んでいた。わたしは、けいとの家に遊びに行って初めて中沢くんに会った日のことを考えた。その日も、そんなほめ言葉をいろいろ言われた気がする。だけど、思い出せない。おととしの、夏の初めくらい。

「言うとくわ。でも、おれやったらあんまりそんなん言わんな。そういうのは、たまに言うから重みがあると思うけど」

「いいねん。わたしはいっぱい言われたらその度にうれしいもん。あんまりにも言われすぎて慣れてもうておもしろくないわって思うこともあるけど、せっかく思ってくれるんやったら、言ってくれたほうがいい。減るもんでもないし」

「……ええよな、中沢はもてて」

「どういうこと？」

「べつに。おれはもてへんからな。そんなこと一回言われてみたいわあ」

　卑屈なやつは嫌いやわ、と思いながら切っていると、耳の後ろの辺りを切りすぎてしまった。子供のころ怪我をした跡みたいに、白い地肌がほんの少し覗いた。もと緑のセーターは下を向いたまま、素直にじっとしていた。やっぱり二つのことをいっぺんにするのはよくないと思って、わたしはあまり話さないようにした。もと緑のセーターはときどき自己紹介みたいな話をした。その話にはなんとなく脈絡がなくて、もと緑も少しは酔ってるみたいだった。

　切りすぎてしまったところをごまかそうと一応の努力はしたのだけれど、その周辺も短くなりすぎてしまい、さらに収拾がつかなくなった。でも、酔っぱらっているみたいだし、髪型を気にするようなタイプには見えないし、きっと多少のことはわからないと思って適当に切り上げることにした。気にせえへんよね。

　もと緑のセーターの人が髪の毛を落としているのをほっておいてお風呂場から出ると、涼しくて気持ちよかった。お酒のある部屋に戻ろうとして端が少し破れているふすまを開けると、もと黒のセーターの人とぶつかりそうになった。やっぱり煙草を手に持っている。

「ああ、中沢、正道と買い物に行った。酒しかなくなったから」

「そうなん」

　もと黒は何も答えないで、テレビの前のさっきと同じ位置に座った。髪を切っている間に三十分ほど観察してみたけれども、もと緑のセーターの人ともと黒のセーターの人にたいした違いは見つけられなかった。もと黒のセーターの人はほとんどしゃべらないというのがいちばんの違いかもしれない。髪型が変わったから区別がつくようになったけど、このもと黒のほうの人もあんまり感じはよくない。いつ見ても煙草を吸っているし、吸い殻を空き缶に入れるのがまた嫌い。

　こたつの部屋の隅っこで、けいととかわちくんが並んで座ってお酒を飲んでいた。あんなにあった食べ物はもうほとんどなくなって、空っぽのお皿だけが並んでいた。思った通り、けいとはかわちくんに一生懸命話しかけていた。

「あんなあ、酔うてるときって、卵の中におるみたいな気がせえへん？　せえへん？」

「卵ですか？」

　かわちくんはきれいな形の眉頭のところにしわを寄せて、けいとに聞き返した。冷静な言葉の調子から考えて、かわちくんは酔っていないみたいだった。どうやらけいとの勢いに後退りしてだんだんと移動し、部屋の隅まで来てとうとう逃げられなくなっているらしい。だけど、けいとはそんなかわちくんの様子も全然気にしないで、楽しそうにしゃべっていた。

「そう、卵の中。でも、卵っていうても鳥の卵じゃないねんで。あんな固い殻じゃないねん。殻のない卵」

「気にせんでもいいで、かわちくん。それはけいとの酔うたときのねたやから」

「そうなんですか」

　わたしは二人の向かい側に座って、空いてるコップに梅酒を注いだ。けいとはわたしのほうをちょっと睨んでから話し続けた。かわちくんに話しかけるたびに短い外はねの髪の毛が揺れて、しっぽを振る犬みたいだと思った。

「ええやろ、べつに。ほんまにそう思うんやから。卵やの、卵。柔らかい、水みたいのに包まれてる感じがせえへん？　声とかも水の中でしゃべってるみたいにこもって聞こえるし、感覚とかも鈍くなるやん。触っても、あんまり感じへんくって。きっと卵の中におるのって、こんな感じなんやろうなあって思うねん。鳥の卵じゃなくて、おたまじゃくしの卵とか、そういうのやで」

「おたまじゃくしの卵ですか」

かわちくんは素直に聞いて、考え込んでいる様子を見せた。けいとはかわちくんの反応を、期待を込めた目をきらきらさせて待っていた。わたしは目の前にあった、袋の底に少しだけ残っていたポテトチップスを食べながら、けいとってかわいいなと思った。

「なあ、かわちくん、そんな感じせえへん？　おたまじゃくしの卵の中みたいやなあって。おたまじゃくし。どう？」

かわちくんはまじめな顔をして、テーブルの上の氷だけになったコップの底に溜まった水を少し飲んでから言った。

「おたまじゃくしの卵って、変じゃないですか？　かえるの卵でしょう？」

「えっ？」

けいとは予想外の答えに戸惑って、何を聞かれたか理解するのに少し時間がかかっているみたいだった。わたしは、固まっているけいとの顔がおかしくて笑ってしまった。

「え、だって、おたまじゃくしが生まれてくるからおたまじゃくしの卵やん」

「でも、最終的にはかえるになるんやし、かえるが産むからかえるの卵とちゃうんですか？」

「うーん、でも、おたまじゃくしの前段階やし……」

「だけど、にわとりの卵とはいうけど、ひよこの卵ってあんまりいわへんでしょう？」

「そうやけど……」

けいとは困った顔になって、黙ってしまった。

「すいません。おたまじゃくしだから悪いってことじゃなくて、単純に、気になって。ぼくは、あんまり気持ちよく酔わへんから、あんまりわからへんなあ。頭とか痛くなるから、うーん、まだ鳥の卵のほうが近いかなあ」

かわちくんはけいとが黙ってしまったのを気にして、早口でしゃべった。けいとはそれを聞くと、またすぐに元気になり、髪を揺らしてさっきよりも勢いよく言葉を繰り出した。

「鳥の卵でも、卵って感じはわかる？　わかる？　鳥の卵かあ。鳥の卵やったらどんなんかなあ、やっぱり楽しいかなあ。楽しいかもなあ」

「いや、鳥の卵っていうか、あんまりわからへんけど、おたまじゃくしの卵って全然わからへんし。ぼく、酔うっていうより気分悪くなるだけなんです。嫌いとちゃうけど」

「ふうん、そうなんや。もったいないなあ」

わたしは甘い梅酒をちょっとずつ飲みながら、心からそう思って言った。中沢くんも飲めたらいいのに。そういえば、中沢くんはなかなか帰ってこない。もしかしたらさっきお風呂場でわたしが冷たくあしらったから、怒っているのかもしれない。今日は、こんなことばっかりやなあ。

「さっきから二人ともほんまおいしそうに飲んでますよねえ。羨ましいな」

かわちくんは蓋の開いた段ボールにもたれかかって、ビールのグラスを握りしめているけいとと梅酒を飲みながら話すわたしを見て言った。かわちくんの整った顔を見ながら、わたしは、さっきは少し戻っていた感覚が、また鈍くなってきて気持ちよかった。

後ろの障子が開いて、髪を切ったもと緑のセーターの人が入ってきた。時間をおいて見ると、あしたの朝になったらこの人はきっと後悔するやろうなと思うような髪型になっていた。でもなぜか、その頭を見てかわちくんは言った。

「西山さん、さっぱりしましたね。ぼくも散髪してもらおかなあ」

そしてさっさと立ち上がって、風呂場のほうへ歩いていった。たぶん、散髪をするのはわたしなんやろうなあと思って、わたしも後からついていった。もちろんけいとも来た。

　狭いお風呂場とその前にある狭い洗面所は、三人でいるとほんとうに狭くて、ガラス戸にもたれて洗面所側で膝を立てて座っているけいとの手を、動くたびに踏んでしまいそうだった。

　かわちくんの髪はさっきのもと緑の人とは違って、ふにゃふにゃしてて細く、色も薄くて、少なかった。この人はこんなにかわいいのに、もしかしたら早く禿げるかもしれへんと思って、わたしは少し悲しくなった。けいとはもっと悲しいと思う。

　かわちくんも、少し短くしてくれたら何でもいいと言った。

「中沢さんと、いつからつきあってるんですか」

「一年ぐらい前かなあ」

「中沢さんがいっつもいろいろ話してる、というか自慢してるから、どんな人なんかなあって思ってたんですよ。女の子とかにも、どんな人か教えてなっていわれてるし」

「酔っぱらって、散髪して失敗しとったって言わないと」

　しゃべり疲れたのかおとなしくなっていたけいとが、ガラス戸の向こうから突っ込んだ。

「失敗って、ぼくですか」

「？　そら今から失敗する確率は高いけど。さっきの人やん。似たような人が二人おって、かたっぽの人。ようしゃべるほう」

けいとはガラス戸から身を乗り出して、かわちくんの顔を確認しながら言った。やっぱりけいとも、もと緑の人ともと黒の人の区別があんまりつかなかったと知って、わたしはちょっとうれしかった。

「西山さんの散髪って失敗やったんですか？　西山さんのわりには、なんか今風でかっこよくなったと思ったのに」

かわちくんは不安そうな顔をして、わたしのほうを振り返った。

「大丈夫。失敗したら坊主にしたらいいねん。坊主って、いちばん男前が引き立つ髪型やと思うで」

「そうかなあ。……耳とか切らないでくださいね」

「大丈夫」

こんなかわいい人をさっきのもと緑みたいな髪型にしてはいけないと思って、わたしはできるだけ慎重に、少しずつ髪を取ってゆっくりと鋏を入れた。だけど、さっきよりもずっと感覚が鈍くなっているみたいで、髪を切る手ごたえが感じられなかった。なのに、髪がぱらぱらとわたしの指の間から落ちていくのが、不思議でしかたなかった。後ろでごつんという音がしたので見てみると、けいとがガラス戸にもたれかかったまま眠っていた。

「けいと、ずっとしゃべり倒してたんちゃう?」

「そうですね」

「かわいい男の子が大好きやからなあ」

「おもしろかったですよ、いろんな話で。さっきの卵の話も、そんなふうに思う人もおるんやって、なんか感心した」

「好みの男の子の気を引くねたその一って感じやな。でも、あのパワーは羨ましい気もするわ」

けいとを見ると、ガラス戸にもたれて膝を抱えて丸くなって眠っていて、ほんとうに卵の中に入っているみたいに見えた。

「わたし、けいとには言うたことないけど、なんとなくわかるねん。卵の中にいてるみたいな感じって」

自分の声がお風呂場の壁に反響して自分の耳に聞こえるまで、ゆっくりと時間がかかっているみたいに感じた。お風呂場の中はほとんど空気の流れがなく、空気の塊がここでじっとしているみたいだった。

「今も、音も壁一枚通して聞こえてくるみたいな感じやし、体を動かすのもちょっと重くて、水の中っていうのは、うまいこと言うなあって」

泳ぐときみたいに重い腕を動かしながら、まっすぐに切ることも難しくて、ほんとに坊主にしてもらわなあかんかも、と思った。落ちていく髪の毛を見ながら、かわちくんは言った。

「中沢さんのどういうとこが好きなんですか」

「どういうとこやろなあ、あんまり考えたことない」

「考えへんもんなんですか」

「さあ、よくわからへんけど。なんで?」

「ぼく、今ちょっと悩んでるんです。今日も、動物園行っててんけど怒って帰ったし」

「ふーん。そうなんか。けいとはもう失恋かあ」

「いや、それは、わからへんけど。そうかな。そうですね」

かわちくんはわたしが指示しなくても下を向いたまま、ぽつぽつとしゃべった。わたしは頼りないかわちくんの髪の毛を指ですくった。柔らかくて気持ちよかった。

「考えへんこともないけど」

そう言って、わたしは最初に会ったとき中沢くんとなにを話したかもう一度思い出そうとしたけど、やっぱり思い出せなかった。中沢くんは青いTシャツを着ていて、それはとてもきれいな色だった。わたしは、なにを着てたっけ。

「そういうことって、あんまりうまく言われへんやん。けいととか中沢くんは言えるのかもしらんけど」

「中沢さんは素直なんですよ。みんな毎日のろけられてたいへんやけど」

「なんか、隠しといてほしいことまでべらべら言ってそうで心配やわあ」

「いろいろ知ってますよ」

「どんなこと？」

「すごいこと」

玄関のドアが開く音がして、中沢くんと正道くんの声が聞こえた。買い物から帰ってきたみたいだった。とかしてみると、かわちくんの髪はうまい具合に全体に少しずつ短くなっていたので、これ以上触らないことにした。

「これぐらいでどう？　鏡見てみて」

かわちくんは立ち上がって、お風呂場の壁についている角の錆びた鏡を見ながら自分で前や横の髪を整えた。その鏡を肩越しに覗くと、真剣な目をして前髪を整えているかわちくんは、やっぱりとてもきれいな顔をしていて、後ろで寝ているけいとを起こしてあげようと思った。

「あ、こんなとこで寝てるやん。起きろや、風邪ひくで」

けいとを発見した中沢くんが、わたしより先にけいとの肩を蹴って起こした。けいとはゆっくり目を開けて、起きているのか寝ているのかわからないぼんやりとした動きでお風呂場を覗き込んだ。

「よりいっそう男前になってるやん、よかったねー」

「ほんまや、うまいことできてるやん。西山は失敗してたけど」

やっぱりかわいい子だと気合いの入れようが違うのかしらと思いながら、わたしは得意になってもう一度かわちくんの髪を櫛でといた。ときながら中沢くんの顔を確かめると、いつもと変わらない感じでにこにこしていたので、ほっとした。

まだ半分寝ているようなけいとの手を引いて、わたしはこたつのある部屋に戻った。

「ほら、デザート買うてきたったで」

中沢くんは白いビニール袋からヨーグルトを二つ出した。わたしにはアロエヨーグルトで、けいとにはいちごソースのヨーグルトだった。

「さすが中沢、ようわかってるやん。そろそろおなか空いてきたなあって思っとってん」

　けいとわたしはテーブルの前に座って、二人でヨーグルトを開けた。中沢くんが台所からスプーンを二つ持ってきてくれた。それからゲームをすると言って、男の子たちはみんな二階に上がっていった。こういうときはたいていいっしょに食べる中沢くんが、あっさりゲームをしにいったので、もしかしたらやっぱり怒ってるのかもしれないと、また気になった。

　わたしとけいとは二人で並んでヨーグルトを食べた。冷たくて甘くてとてもおいしかった。二人になって静かになったので、テレビをつけた。テレビでは懐かしの歌大全集みたいな番組をやっていて、古いＶＴＲが流れるたびに会場からは大げさな驚きの声が上がっていた。

「かわちくんって、かわいいなあ」

「そうやろ？　だから中沢に呼んでもらってん」

「そうなんや。前から知ってたん？」

「うん。去年の秋に中沢の学校に遊びに行ったときに見かけてん。彼女がおるみたいやけど、かわいい男の子とはとりあえず仲よくしとかないと。もったいないからなあ」

「そうか。そうやったんや」

「今日はいっぱいしゃべれたし、うれしいわあ」

けいとはそう言って、いちごソースのたっぷりかかったヨーグルトを口に入れ、幸せそうな顔をした。

「でも、かわちくんって禿げそうやで」

「あ、やっぱり思った？　やばいよな、あれは。でもええねん、禿げたって。禿げの男前と髪の毛ふさふさの不細工やったら、絶対禿げの男前のほうがええもん。禿げても格好ええ人はおるし。それに、まああと十年ぐらいはなんとか持ちこたえそうやろ」

「そうやなあ。わたしも禿げても男前のほうがええな。でも、中沢くんが禿げたら悲しい」

「大丈夫。中沢のおっちゃんもおじいちゃんもふさふさ白髪系やもん」

「ほんま？　よかったあ」

二階から対戦ゲームで盛り上がる男の子たちの声が聞こえてきた。わたしの口の中で、ヨーグルトに入っているアロエの果肉がぷちっと潰れた。

「ないしょにしといてって言われててんけどな」

テレビのほうに目をやりながら、けいとが言った。

「ほんまは中沢もな、真紀ちゃんのことを前から知ってて、わたしに連れてきてくれって頼んでんで」

「そうなん？」

　ヨーグルトを食べているところだったので、スプーンが歯にあたってがちっと小さな音をたてた。

「そうやで。だから今回はそのお返しとしてかわちくんを連れてきてくれてん」

「ふーん。そうやったんや。そんなん、初めて聞いた」

　また、初めて会ったときの中沢くんのTシャツの色が浮かんだ。真夏の空みたいにきれいな色だった。だけど、なにを言ってたかはどうしても思い出せなかった。ただ、中沢くんはやたらとにこにこしてたな、そう言われてみると。

「中沢くんは、わたしになんでも言うてるようで、わたしはあんまり知らんような気がするわ。けいとみたいになんでもしゃべれるのがええかも。けんかにもならへんし」

「こんな腐れ縁状態がええかなあ？　真紀ちゃんがそのほうがええんやったら、中沢は説得したるで。けど、そしたらもう、かわいいとか言うてもらわれへんし、手もつながれへんで」

「それはいや」

「そうやろ。さっきも、中沢が学校でのろけてるとか聞いて、ちょっと顔が笑ってたで」

「あ、わかった？　だって、うれしいもん」

「どないやねん。まあ、幸せなんはええことや」

「けいとも早く幸せになりや」

「当たり前やん。かわいい男の子に囲まれて楽しい生活送るわ」

けいとはヨーグルトを食べ終わり、空になった容器を台所へ持っていって捨てて、戻ってきてテレビの前に座った。

「あっ、わたしこれ、めっちゃ好きやった」

けいとが急に大声を上げたので見ると、テレビの懐かしの歌が一九八〇年代に差しかかり、魔女っ子もののアニメの画面が映ってその主題歌が流れていた。ちょうど変身するところだった。

「わたしも見てた。この変身したあとの服、着てみたかったわあ」

「そお？」

けいとはわたしをじろっと横目で見て、それからテレビに合わせて歌い出した。わたしもつられて歌ってみると、もう十年以上も歌ったことのない歌だったのに歌詞がすらすら出てきてびっくりした。その後も次々にいろんな映像と歌が流れたけれど、ほとんど歌えた。

　わたしとけいとはすっかり楽しくなって、またお酒を飲むことにした。テーブルの上にはほとんど食べ物も飲み物もなかったので、台所に探しにいった。さっき、中沢くんと正道くんが持って帰った袋には、ポテトチップスが一袋とチョコレートが一枚、ジンジャーエールのペットボトルが一本入っていた。お酒がないかと思って冷蔵庫を開けたけどほとんど空っぽで、マヨネーズと醤油ぐらいしかなかったのでがっかりしていると、けいとが冷凍庫を開けた。

「……ええもんがあるやんかあ」

　白い冷気の向こうに、ハーゲンダッツのバニラのミニカップと、それから透明のウオツカの瓶が冷やしてあった。

　テーブルの上を適当に片づけて、ウオツカの瓶と氷とグラスと、バニラアイスのカップとポテトチップスを並べた。ウオツカの瓶の周りには、白い霜がびっしりついていた。

「ほら、ここに書いてあるで。冷凍庫で霜がつくまで冷やしていただくと、非常においしく召し上がっていただけますって。ばっちしやん」

「ほんまやなあ、おいしそうやなあ、飲みたいなあ」

それでわたしとけいとは、二人でグラスにウオツカを注ぎ合い、また飲み始めた。お酒を何杯か飲んで、アイスクリームを食べて、それからポテトチップスが空になるまでの間に、二人でたくさん歌を歌った。テレビから流れてくるアニメのテーマソングやアイドルの歌と、そこから思い出したいろんな歌で、数えられないぐらいたくさん歌った。

一九九五年ぐらいになるころには、わたしもけいとも喉が痛くなってきて、特にわたしは、ところどころ高い音なんかが出ないくらいになった。だけど楽しいので、ずっと声を張り上げて歌った。

ぎしぎしと音の鳴る階段をかわちくんが降りてきた。けいとの顔つきが変わった。かわちくんは大騒ぎしているわたしたちを見て、楽しそうですね、と言った。

「みんなゲームしてるの？」

「うん。西山さんは寝てるけど。なんかすごい声になってますね」

かわちくんは笑いながら、ふすまを開けてトイレに行った。

「わたし、今度遊びに行く約束ぐらいしとくわ」

振り向くと、けいとがかわちくんの歩いていったほうを真剣な顔をして見て、ファイティングポーズをとった。わたしはけいとがとてもかわいく思えて、抱きついて励ました。

「がんばりや。わたしは二階に行っとくわ」

　立ち上がると、ウオツカが回ってきたみたいでちょっとくらくらした。けいとは笑顔で、階段を上がっていくわたしに両手を振った。


　傾いていく体をなんとか修正しながら狭くて急な階段を上がると、右手の窓のない三畳くらいの部屋で正道くんともと黒セーターが、下のテレビの半分くらいの大きさのテレビに向かってゲームをしているのが見えた。なんのゲームをしているんだろうと思って画面に気を取られていると、柔らかいものを踏んでしまった。見ると、もと緑が壁際で丸くなって寝ていた。踏んでしまったのはもと緑の手みたいだったけど、全然起きる気配はなかった。足の裏に感じたのは手よりももっと柔らかいもののようだったけれど、それはわたしが酔ってるせいかもしれない。気持ちよさそうに眠っているもと緑の髪型を見ると、あまりにも変なので、自分で切ったんだけれど笑ってしまいそうだった。

　テレビの前には中沢くんはいなかったので見回すと、反対側の部屋で窓を開けて外を見ている後ろ姿を見つけた。

「なにしてんの?」

声をかけたら、中沢くんはびっくりして振り向いた。

「だれかと思ったやん。なんや、その声。おっさんがおるんかと思った」

「うん。声出えへんようになってん」

「さっきからでっかい歌声が聞こえとったもんなあ。冷凍庫のウオツカ飲んだんやろ」

「中沢くんはなんでもわかるなあ」

わたしは中沢くんの隣に腰を下ろした。窓から冷たい風が入ってきて気持ちよかった。わたしの位置からは、向かいの家の黒い瓦屋根と紺色の空しか見えなかった。中沢くんは窓を開けたまま、漆喰の壁を背中にして座った。蛍光灯が弱い瞬きを繰り返していた。

「アイスクリームも食べたんか?」

「うん、食べたで。あんまりおいしいからけいともわたしも二つずつ食べた」

「うそ。じゃあ、おれのんないやん。正道のも。あいつ、用意してばっかりでちょっとしか食べてへんのに」

「あとで買ってくる」

「無理や。もう動かれへんやろ」

「やっぱりなんでもわかるなあ」

　歩いて買い物に行くなんて、絶対できないと思った。ちょっと頭を振ってみるとそのまま後ろに倒れてしまいそうだった。倒れるのはいやなので、手をついてゆっくり横になった。目の前には、中沢くんの手と暖かそうな灰色の生地のズボンの膝があった。古い畳の匂いがした。

「けいとはまたかわちに話しかけてるんかな」

「がんばって遊びに行く約束するって」

「大丈夫かな。また失恋したとかって大騒ぎしそうや」

「かわちくん、可能性なさそうなん？　じゃあ、呼ばへんかったらよかったのに」

「全然なさそうっていうわけでもないなあと思って。それにけいとが振られてもいいから絶対連れて来いって脅すから。いろいろ弱みも握られてるからなあ」

　さっきけいとに聞いたことは、黙っていることにした。わたしは、だんだんと眠たくなってきて、畳もふにゃふにゃしている感じがした。上から小さな綿ぼこりが舞い下りてくるのが見えて、しばらくそれを目で追っていた。

「いつものことやしな。しばらく激しく落ち込むかもしらんけど、季節の行事みたいなもんや。また、ええのん見つけてくるやろ」

「ほんまにええ人が見つかったらいいのになあ」

「そうやなあ。けいともかわいいとこあるのに」

「あー。おたまじゃくしの卵の気分や」

目の前にある中沢くんの手を触ってみると、感覚は鈍っているはずなのになぜか爪の境目やしわまではっきりと感じることができた。わたしは自分よりも冷たいその手を触りながら、けいとがかわちくんと遊びに行く約束できていたらいいなと思って目を閉じた。ゲームの音が響いてきれいな音に聞こえて、心地よかった。目を閉じてると、青いTシャツを着ている中沢くんが見えた。その横で寝転がっているわたしは、今日買い損ねたのよりもずっとかわいいスカートをはいていた。

ふと、目を開けると、中沢くんがわたしの顔をじいっと見ていた。

「なに？」

「真紀は、寝てる顔がいちばんかわいいなあ」

「そう？」

短く返事をしてまた目を閉じたけど、きっと顔は笑ってるやろうなあと思った。わたしは、今日はこのままずっと寝とこう、と決めた。

「オオワニカワアカガメ」　三月二十五日　午前四時

真夜中の黒い色をした安治川を越えて交差点を曲がったところで、携帯電話が鳴った。右手でハンドルを握って、左手でズボンのポケットを探った。正道からだった。

「もう家着いた？」

「まだや。どしたん？」

「いや、なんか、西山がなあ」

と言ったところで、正道の後ろのほうで、どうせおれなんかどうでもええんやあ、と叫ぶ声が聞こえた。

「なに、西山暴れてるん？」

「そうやねん、なんか実は失恋してたみたいで。ようわからんけど、なんかいろいろあったみたいやわ。ほんで、散髪失敗してたんが火に油を注いで、一人で飲みだしてすっかりこの調子や」

「あー、散髪。おれも、あのままでええんかなあとは思っててんけど。切った本人は気持ちよう寝てはるわ」

ぼくは西山のめちゃくちゃな髪型と、酔いの醒めないままなんとなく納得させられていた西山のぼんやりとした顔を思い出して、申し訳ないけど笑ってしまった。

信号が赤になったので、停車した。ルームミラーに目をやると、真紀はぼくのコートを首までかけて静かに眠っていた。助手席ではけいとがはっきりと聞こえるくらいの寝息をたてて寝ていた。

「西山が暴れてるっていうのは真紀ちゃんには知らせんほうがいいかも。あっ、おい、なにしてんねん、ちょっと待てよ。あー、また電話するわ。気いつけて」

「うん。西山にはまた謝っとくわ」

と、ぼくは言ったけれど、正道にはそれを聞く余裕もなくて電話は切れた。西山はなにしてたんやろう。ぼくはいろいろ想像して、また一人で少し笑った。

信号が青になり、ぼくは車を発進させた。真夜中の道は歩いている人は誰もいなくて、車もほとんどいなくて、気持ちよかった。車はとても滑らかに走った。

隣にはけいとが、後ろには真紀が乗っているけれど、二人とも京都からここまでの道程のほとんどを眠っているだけだった。ぼくは右折するために車を寄せて、一旦停止した。その弾みでけいとは窓ガラスに頭をぶつけて、ごつんと大きな音が響いた。だけど、けいとは頭を打ったことに少しも気づかないで、額をガラスにくっつけたまま相変わらず寝息をたてていた。どうやったらこんなにぐっすり眠れるんやろう、とぼくは不思議に思う。なんかよっぽどいい夢でも見てるんやろうか。

けいとはよく自分が見た夢の話をする。小学校のときも、中学のときも、高校のときも、今も。

高校のとき、六時間目の担当の先生が休みだと帰れることになっていた。土曜日だったら四時間目。そういうのはほんとうにたまにしかなくて、隣のクラスがそうやって帰っていたりすると羨ましくてしかたがなかったのだけど、その日はぼくのクラスが当たりだった。開いた教科書の上にうつ伏せになって寝ていたぼくは、チャイムの音で目が覚めた。五時間目の先生が教卓の上を片づけながら「伊藤先生はお休みだから帰っていいです」と言った。途端にみんな大喜びして荷物をまとめだしたので、そのあとの「来週は期末テストやし、受験生なんやから帰って勉強しいや」というのはだれも聞いていないみたいだった。

だから、さっさと遊びに行くつもりやったんやけど。

ぼくとけいとと豊野は、環状線のプラットホームの北の端の三人掛けのベンチに並んで腰掛けていた。けいとの強い希望でそのメンバーになった。そこに座ってから十五分は過ぎていたので、暑くて暑くてしかたがなかった。生え際の辺りから、次々に汗の滴が落ちてきた。昼下がりの中途半端な時間のプラットホームには、人はまばらで、少し角度のある太陽の光がホームの端から五十センチのところくらいまでじりじりと照りつけているだけだった。

「で、どこ行くん？」

「梅田って言わんかった？」

「梅田のどこ？　目的地を決めてから行こうや」

「そんなん言うてるから、さっきからどこにも行かれへんのんちゃうん？」

その五分前と十分前にも同じことを言った。ぼくは真ん中に座っていたので、左側のけいとと右側の豊野の顔を順番に見た。だけど二人ともなにも言わないので、どうしようかなあ、ととりあえず言ってみて伸びをした。

「なんかこう、いざ時間ができるとなににしようかなあって感じになるよなあ。昨日の六時間目とか、はよ終わってー、わたしはＣＤ買いに行くんやー、って思ってたのにな。今日にすればよかったわあ」

けいとは膝に載せたリュックに肘をついて、少し陽に焼けた両手であごを支えて向かいのホームを見ていた。電車が出たところだったから、だれもいなかった。

「おれは、決めてから行ったほうがいいと思うな。とりあえず、どこ、っちゅうのは必要や。なにをするにしても」

しばらく黙ってた豊野が、腕組みをして眉間にしわを寄せて近所のおっさんみたいな言い方で言った。

「じゃあ、どこなん？」

「わからん」

「なんやねん、それ」

ぼくは豊野に聞いてもどうにもならないと実感して、ベンチの背もたれに寄りかかった。アナウンスと聞き飽きたメロディが流れて、次の電車がやってくることを知らせた。

「じゃあ、せっかく天気ええんやし、緑のきれいなとことかは？」

けいとはこの状況を打開しようと、今までとは違う提案を出してきた。ぼくはとにかく早くどこかに行きたかった。

「それでいいやん、それいっとこ。公園とか？　どこの？」

「どこがいいかなあ」

ぼくとけいとは話をまとめたかったけど、公園案に豊野はなにも言わないで、背中をぼりぼり掻きながらプラットホームの南の果てからやってくる電車のほうを見ていた。

ぼくとけいとの、行き先を話し合う声が聞き取れなくなるくらいの音をたてて、オレンジ色の電車の先頭の車両が目の前に来た。何人かが降りて何人かが乗った。それと同時に、開いたドアからほんの少し冷たい風が流れてきた。だけどそれはすぐに消えてしまった。十分前に同じように電車が来たときには、乗ろうかどうしようかという会話があったけど、その時はだれも言わなかった。発車のベルが鳴って電車は出ていった。また静かになった。

「ほんま、ええ天気やなあ。でも、暑いわ」

豊野がぼくを通り越して、けいとに向かってそう言った。眉間にしわを寄せて、難しいことでも言ってるみたいな顔をしていた。

「暑い。暑すぎるやん。七月やから暑いのは当然かもしらんけど、なんでこんなに暑いねん。暑いで。おれには暑すぎる」

豊野は「暑い」を繰り返して、ずるずると座り位置を下げた。前に投げ出されたジーンズに茶色のワラビーシューズの足を、けいとがぼくの左側から見ているのがわかった。

けいとは四月に同じクラスになってからずっと豊野と話したがっていて、五時間目が終わって帰るとき、ロッカーのところで一人でいる豊野を見つけて、ぼくに声をかけてくれと頼んだ。クラスが替わって、毎年だいたい夏休み前くらいの時期になると、けいとは仲よくなりたい男の的を絞り、ぼくはそれに協力させられる。だから三人でホームでどこにも行けなくなってしまった。

「じゃあ、豊野くんは公園とかいや？　涼しいところがいい？」

けいとが少し身を乗り出して、豊野の表情を窺いながら聞いた。ほんとうに一生懸命に仲よくなろうとしている。そういうところが、いいとこなのかもって思うときもあるけれど。たまに。

豊野は空の高いところを見たまま、深く悩んでいるような口調で言った。

「そうやなあ」

「涼しいところってどこ？」

「……ローソン」

豊野は、向かいのプラットホームの屋根の上に見える青い空を見ながらそう答えた。

ぼくは力が抜ける感じがした。

「ローソンって、学校早く終わって、普段やったら遊ばれへん時間に遊べて、どこ行こうかって、そこでローソンか。なんでやねん」

「ええやん。とりあえず、梅田のローソン」

「梅田のローソンってどこやねん。駅の近くにはないで」

　ぼくは、とにかくどこかに行きたかったけど、それはローソンじゃないとは思って、少し強く豊野に言った。やっと思いついた自分の提案を否定されて、豊野は腕組みをしてまた黙ってしまった。ぼくのほうを向いているけいとは、ローソンでもいいやんっていう顔をして、ぼくを上目遣いに睨んでいた。せっかく豊野くんが乗り気やのにいらんこと言わんとってよ、っていうところか。

　会話が行き止まりになって、三人でまた向かいのホームをしばらく見ていた。なにも言わないと退屈で、暑さのほうに気が行ってしまうのでぼくはしゃべることにした。

「ローソンっていうたら、おれ昨日の晩牛乳買いに行ったんやけどな、近くのローソンに。お釣りようさん貰ってん」

「ふーん。なんぼ？」

「五百円。結構多いやろ。牛乳と雑誌買って千円出して、お釣りは三百円ぐらいやったはずなんやけどな。レジの兄ちゃんにお釣り貰って、でも、お釣りなんかあんまりちゃんと見いへんやん？　ちらっと、ああ、お釣りか、ぐらいのもんで。ほんで右手にお釣り握ったまま外に出て、信号渡ってるときに、あれ、なんか握り心地が変や、でかい小銭があると思って、ほんでよう見たら五百円玉があるねん、七百二十四円あるんや。なんかごっつい嬉しかったわ。今日はええ日やったあ、とか思って気持ちよく寝れたわ」

「へえ、得したなあ」

「それはな、お前が金ないからくれたんや」

見ると、豊野は腕組みしたまま一人で頷いていた。

「くれたって、だれが？　店の兄ちゃんがか？」

「いや、もっと偉い人や」

「なんやそれ」

豊野はそれ以上なにも言わなかった。ぼくはまた力が抜けて、笑ってしまった。

向かいのプラットホームに、間もなく電車が通過しますというアナウンスが流れた。ぼくは、北側の遠くのほうで緩やかに右にカーブしている線路の先を見た。うっすらと雲のかかった空は、白くて眩しかった。そこから、先端の丸い特急列車がやってきて、みるみる姿も音も大きくなった。

「あれって、どこに行く電車かなあ」

と、けいとが言っている間に、電車は駅に入ってきた。白地にオレンジと黄色のラインの入った、つるんとした車体だった。

「和歌山行きや」

ぼくはそう答えて、目の前を通り過ぎていく特急列車を見ていた。平日の中途半端な時間に、和歌山へ行く特急列車に乗っている人はそんなに多くはなくて、特にいい座席の車両はほとんど空っぽだった。

「ええなあ。和歌山か」

ぼくの右側で、豊野が両手を組んで伸びをしながら言った。とたんにけいとが目を輝かせ、弾んだ声で聞いた。

「豊野くん、和歌山行きたいの？」

「そうやなあ。和歌山やったらええなあ、暑くても」

「なにしに行くねん。なんにもないで」

豊野につられて伸びをして、それからあくびをしながらぼくは言った。

「ある。海。山。空」

「空は目の前にもあるやろ」

「そうかもしれん」

けいとは笑って、ぼくと豊野のやり取りを聞いていた。ぼくは、豊野の言った海、山、空、という言葉を何度か心の中で繰り返した。

五時間目は世界史の時間で、先生はイスラムの帝国の興亡の話をしていた。ぼくは最初はおもしろいと思って聞いていたのだけど、写真のいっぱい載った資料集を見ているうちにそっちのほうがおもしろくなって、全然違うページを開けて遺跡の写真とか封建時代の農業の解説図とかを眺めていた。ぼくの席は教室のど真ん中で、全開になっていた窓からの風もほとんど届かなかったし、外の景色を眺めることもできなかったので、暑くて退屈だった。窓のほうを見ると、窓際の列のいちばん前に座っているけいともその列のいちばん後ろに座っている豊野も、完全に窓の外に心が行っているみたいで、同じように片肘をついた姿勢で黒板とは逆のほうを向いたままだった。けいとのそばでときどき揺れる象牙色のカーテンを見ながら、席を替わってほしいと思っていた。

そのうちに資料集の最後のページにたどり着いた。最後の見開きのページは世界地図だった。国ごとにいろんな色で分けられた標準的な地図。ぼくはぼんやりそれを眺め、北のほうの国を見て暑くなくてええなあと思ったり、アフリカの真ん中辺りを見て砂漠にはほんまにオアシスとかあるんかなと思ったりしていた。

砂漠で迷子になって死んだら悲しいやろうな、というようなことを考えているとき、ふと、アフリカの内陸の国には海のない国がいくつもあることに気づいた。国の周りは全部ほかの国で囲まれているから、ここに住んでいる人が海水浴に行きたいと思ったら国境を越えなければいけないので、海水浴はとても大変な行事になる。それは困ると思いながら、海のほうに目を移すと大陸と同じくらいの広さのある海の真ん中にぽつんと小さな島があるところも何か所か見つけた。ここに住んでいても、どこかに行こうと思ったらきっと大きな決断が必要になる。そういうのは、きっとぼくには向いていない。なんとなく、ちょっとどこかに行ってみたくなったら、すぐ行けるところにいたい。海も山も、ほかの国も、すぐに行けるところがいい、と思いながら地図の上のいろんな国をたどっているうちに、ぼくは眠ってしまった。

特急列車はすぐに通り過ぎて、見えなくなった。

「和歌山かあ。わたしも行ってみたいなあ」

電車の行ってしまった方角を見たまま、けいとが言った。

「お、ほら、やっぱりみんな思ってるやん」

「みんなって、一人だけやろ」

「いいかもしれへんで、和歌山。わたし、小学校の林間学校で行ったとき楽しかったし」

「肝試しで泣いとったくせに」

「オリエンテーリングで迷子になったくせに」

「うるさいなあ。そんなん言うとったら、修学旅行のときにしょうもないペアのペンダント買うて、隣の組の男にあげたんばらすぞ」

「ばらすぞって、おもいっきり言うてるやん。だいたい中沢にはなにもかもばらされて、もう隠してることなんか残ってないわ」

と、ぼくとけいとがつまらない言い争いをしていると、豊野はだれた姿勢から起き上がって座り直し、ぼくとけいとを見て言った。

「よっしゃ、和歌山行こか。今から」

「今から？　遠いで、和歌山って」

「行かれへんことはない」

「行けるかもしらんけど、今日中に帰ってこられへんで。着いた途端に帰ってくるとか、そんなんやで」

「それもええ感じや」

「電車代かかるで。おれ、そんなに金持ってないで」

「改札出んかったらええんや」

「うん、それでいいやん。楽しそう。ほんで、和歌山のどこまで行くの？」

「わからん」

「またそれか」

張り切って和歌山行きを推していた豊野は、そこでまた黙ってしまった。またどこにも行けなくなりそうだったので、ぼくは二回目の欠伸をした。

黄色い点字ブロックのある辺りを見ると、十五分くらい前まではその手前側にあった太陽の光が、完全に向こう側へ行っていた。時計を見ると、六時間目も半分過ぎている時間だった。プラットホームでは十メートルおきくらいに人が電車を待っていた。ぼくのちょうど前にも、若い女の人が一人で立っていた。短い髪で、黒いワンピースを着ていて、時計を何度も見ていた。体全体がぎりぎり陰に入るように、慎重に立ち位置を選んでいるみたいだった。行き先案内の電光掲示板を見たときに顔が見えたけど、あんまりかわいくなかった。

また、まもなく電車が到着しますというアナウンスが流れた。

「おーい、どうするよ。電車来るで。どこ行く？　和歌山やったら反対のホームやで」

ぼくは、早くそこから動きたかった。ほんとうはもうとっくにどこかに遊びに行ってるはずだったし。だけど、けいとはこのままここでずっとしゃべってるだけでもいいと思っているって、ぼくはわかってた。けいとは目的地なんてどこでもよくて、とにかく豊野と仲よくなりたいのだから。そうしている間も、身を乗り出してきらきらした目で豊野の行動を見つめていた。

乗るかどうかを決められないまま、オレンジ色の電車がまた同じ位置にやってきて、目の前でドアが開いた。幼稚園ぐらいの男の子を連れたおじいさんが降り、黒いワンピースの女の人は乗った。ドアが閉まって、電車は出ていった。

「そういえばわたし、今朝、電車に乗ってる夢見たわ」

電車のドアが開いて閉まるのを黙って見ていたけいとが、ゆっくりそう言った。

「どんな夢？」

「なんかな、電車に乗って、岩手に行くねん。岩手って行ったことないけど、なんか岩手ってわかるねんやん。あるやろ、そういうの。特急みたいな、席が向かい合わせになってる電車で、でも座席はなんでか知らんけどパイプ椅子やねん。それから、一両に一人ずつガイドさんみたいな女の人が乗ってて、景色とか説明してくれんねんやん。右手をご覧くださいませ、みたいな感じで。ほんで、外見たら、その電車はどうも水陸両用みたいで、川の中を走ってるねん。窓のすぐ下ぐらいまで濁った水が流れてんねんやん。それで、その川っていうのが、熱帯の川みたいなので、川岸はマングローブがびっしり生えてんねん」

「それって、沖縄ちゃうん？　岩手にマングローブはないやろ」

「そんなん知らんやん、夢やねんから。そう言うんやったら沖縄でもええけど、なんかそんな景色やったし。岩手経由沖縄。で、マングローブなんか初めて見るから、めっちゃうれしくて騒いどって、窓から手え出して水をちゃぷちゃぷしてたら、ガイドさんが、危ない！　って飛んできて、なんやねんと思って見たら、川をワニが泳いでんねん」

「沖縄にワニはおらんやろ」

「うるさいなあ、夢にいちいち文句言いなや。最後まで聞いてよ。ワニがおってんって、三メートルぐらいの、大きいワニ。黒っぽい緑色の猫みたいな目と鼻と背中としっぽが見えてて、ごつごつした鱗で、五匹ぐらいの群れで泳いでるねん。わたし、こんなに近くでワニ見るの初めてやわ、やっぱりワニってかっこいいなあ、ワニ、ワニ、って叫んでたらな、そのガイドさんが、違います、あれはワニではありません、カメです、って言わはるねん。ええっ、でもどっから見たってワニやんかあって言うたら、あれは天然記念物のオオワニカワアカガメで、非常に珍しいカメです、上から見たらワニですが、裏返したらカメなんです、って言うねん」

「それってワニガメちゃうん？」

「ちーがーうって。すごいカメやねん。天然記念物やで。それで、周り見たら、電車の中の壁には観光客がそのカメと並んで撮った写真がいっぱい貼ってあるねん。ほら、南の海のほうの民宿とかにおっさんがカジキ釣って記念写真貼ってるやん、カジキをロープとかで吊って横に並んで、ああいう感じ。それで、しばらく行ったら島があって、そこには撮影のセットが用意してあるねん。ジャングルみたいな背景で、原色の花が咲いてて鳥がおって、トロピカルなところやった。わたしも記念撮影することになって、そのなんとかガメの首とわたしの頭におそろいの赤いハイビスカスをつけて、カメのんはレイになってるねんで、かわいいやろ。それで、横に並んだときに、でもワニとカメって幅が違うからどういうふうにつながってるんやろうと思って、境目を必死で見ようとしてたら、乗ってきた電車のドアが閉まって帰っていって、いつの間にか周りは珊瑚礁のきれいな海になってるし、カメと二人でトロピカルな島に取り残されて、どないしょうかなあと思ってるとこで目が覚めてん」

けいとは興奮してしゃべったので、額と鼻の頭に少し汗をかいていた。どう、おもしろいと思わへん、というような顔をして豊野を見た。

だけど豊野は、曖昧に笑っただけで、相変わらずなにを見ているのかわからないけど、向かいのホームを向いていた。また沈黙が来るのか、とぼくは思った。

「次の電車、乗ろうか」

　急に、豊野が言い出して立ち上がった。

「乗ってどこ行くねん」

「わからんけど、どっかで降りよう。環状線やし、なんとかなるやろ」

「うん、そろそろ乗らないと、六時間目終わるで」

　けいとも、立ち上がって伸びをした。

　ぼくは座ったままで、立っている二人を見て少し考えた。六時間目が始まる前に学校を出るときに、隣のクラスの友達に手を振ったのに、こんなところで会ってしまったら格好悪いと思った。それに、とにかくここにいるのをやめて早くどこかに行きたいって言っていたのはぼくだった。突然豊野が先頭に立ってしまったこと以外は、特に反対する理由もなかった。

　ちょうどよく、次の電車が来ますというアナウンスが流れた。そこに来てから四回目のアナウンスだった。

「乗ってもいいけど、どこ行くねん」

　と、言いながら、ぼくは立ち上がった。わざとらしく、膝の辺りを払ったりしながら。

「どこでもええやん」

けいとは、ぼくのほうは見ないで言った。

人を急かすようなメロディが間を置かずに繰り返され、ぼくとけいとと豊野は黄色い線の上まで歩いていった。斜め上のほうから、強い太陽の光が射してきた。昼間の白い色じゃなくて、夕方の黄色い色になりかけていた。目の前に電車がやってきて、金属の車体とガラス窓に反射する光が瞬いて、綺麗だった。

電車が停まり、ドアが開いて、二人の小学校低学年の男子が降りてきた。白いシャツのやつが、どけよと言ってドアの真ん前にいた豊野の腰の辺りを手で押し退けた。後ろにいた青いTシャツのやつが振り向いただけでそのまま歩いていった。

ぼくとけいとが電車に乗り込んだとき、豊野がいきなり方向を変え、小学生のほうに走っていった。豊野を押し退けた白いシャツの脇に手を入れて高く持ち上げ、子供をあやすみたいに一回転してから降ろし、また逆を向いてダッシュして電車に飛び乗った。その瞬間にドアが閉まり、電車がゆっくりと動き出した。勢いでホームに転がった白シャツを青Tシャツはぽかんと見ていた。何人かの乗客の視線も気にすることなく、豊野はまじめな顔で言った。

「まだまだ子供やな」

けいとが声を上げて笑いだした。つられてぼくも笑った。

電車の中は涼しくて一気に汗がひいていった。見回してみたけど三人で並んで座れそうな席はなかったので、乗ったのとは反対側のドアの前に立っていることにした。

電車は規則正しいリズムで走っていて、安治川を渡る橋にさしかかるところだった。車内には傾きかけた黄色い光が射し込んでいて、冷房がきいていても陽が当たっているぼくの首や腕は暖かかった。

「どこで降りるか決めようや」

「そうやなあ」

「やっぱり梅田ちゃう？　わたし、本屋に行きたいな、大きい本屋」

豊野は、向かい側のドアから見える川のほうを見ていた。川岸には大きい工場や倉庫があって、そういう灰色の建物の屋根も水面も太陽が反射して眩しくて、暑そうだった。その先にはそう遠くないところに海があるのだけど、海は少しも見えない。川のほう、なにを見ているのかはっきりとはわからなかったけど、同じ方向を見たまま豊野はゆっくりと言った。

「沖縄ってええなあ」

「沖縄？」

　ぼくとけいとはほとんど同時に聞き返した。豊野はこっちを向いて、楽しそうな顔で言った。

「うん。さっき、マングローブとか珊瑚礁とか言うてたやろ。おもしろそうやん。食べ物もおいしそうやし。沖縄行きたいなあ」

「でも暑そうやで、めちゃめちゃ」

「それもええやろ。いつでも泳げそうやし」

「豊野くんが南の海で泳いでるのって、なんか想像できるわあ」

　けいとは、豊野と窓の外の青い空を交互に見て、そう言った。空は、青かった。電車の進んでいく方向を見ると、いちばん前の車両だったから運転席の窓から、同じ緩い角度で右に曲がっていく線路が見えた。次の駅はまだ見えなかった。

「沖縄って、電車で行けるんかなあ」

　ぼくは、思いつきを口にしてみた。行けるわけないって思っていたけど。

「さあ、どっかから船か電車に乗らなあかんのんちゃう？　九州とかまでは電車で行けるやろうけど、めっちゃ遠そう」

　ドアの上にある横長の路線図を見ながら、けいとはまじめに答えた。その路線図には和歌山はあったけど、沖縄も九州もなかった。

「おれも沖縄がええような気がしてきた。泳ぎたいなあ」

「そう思うやろ、中沢も。絶対ええと思うわ、おれ」

「うん。映画撮れそうやしなあ」

「映画って？」

「中沢はな、映画を撮るねんて。なんかしらんけど中学のときから言うてるねん。でも、八ミリもビデオカメラも触ったこともないし、脚本も書いたことないねんけどな。撮る気だけはあるらしいで」

「なんかいやな言い方やなあ。撮るねん、おれは映画を」

「ふーん、そうなんや。沖縄行って撮れば？　おれ主演しよか？　沖縄の、青い海と空の下で」

「そうやなあ、よさそうやなあ。無軌道な若者のひと夏って感じで」

「あほか。でも、わたしも行ってみたいなあ」

それで、しばらく三人で沖縄の話をした。三人とも行ったこともないしたいした知識もなかったから、暑いことと海ぐらいしか思い浮かばなかったけど、とてもいいところのような気がした。きっと、青くて綺麗だから。

沖縄の話で盛り上がっているところで次の駅について、ドアが開いて、だれも降りないでドアが閉まった。電車はまた同じリズムで動き出した。

「どうする?　とりあえず、やっぱり梅田で降りようか」

「そうやなあ」

「まあええか」

梅田案に初めて豊野が同意して、降りる駅が決まった。


その一年後、船で沖縄に行った豊野は、西表島から赤いハイビスカスの絵はがきをくれた。ぼくはクーラーのききすぎた階段教室で、地球科学概論とかいう大げさな名前の授業を聞き流して、何度もはがきを読み返した。


「ふうん。それで」

「それでって?」

「沖縄、行ったん?」

真紀は後ろのシートに横向きに膝を立てて座った姿勢で、まだ寝ぼけているみたいな声で聞いた。少し寒いのか、毛布代わりにしていたぼくのコートを首まで引っ張りあげている。

「ううん、行ってない。九州にも行ったことないなあ、よう考えたら」

「そうなんや。そんで、その豊野くんていう人はどうしたん？」

「さあ、どうしたんやろう。卒業してから一回会ったきりやわ、沖縄に行く少し前に」

「今はなにしてはるんかなあ」

「たぶん沖縄からは帰ってきてると思うけど。噂では、ブラジルにサッカーしに行ったらしいけど。メキシコやったっけ。でも、あれから四年間ずっと沖縄におるって言われても、そうなんやってすましてしまえそうやなあ。そういうやつやった」

「ふうん」

真紀はちょっと伸びをしてから膝を抱え、眠そうな目で外を見た。もうすぐけいとの家に着くなあと思いながら、ぼくは目印のガソリンスタンドの白い光を見つめた。

「けいと、全然起きそうにない」

「そやなあ。さっきなんか頭打っても気づかんと寝てたもんなあ」

真紀は、身を乗り出して寝込んでいるけいとの様子を確かめた。

「じゃあ、もうちょっとドライブしようよ」

「そうやなあ。こんな時間やったら何時に帰ってもいっしょやしな。ええけど、どこ行く？」

「うーん。学校」

「学校って、大学？」

「ううん。中沢くんとけいとが行ってた学校。そうや、高校がいい。さっきの話に出てきた高校。近いんやろ」

真紀はぼくが座っているシートの肩のところに手をかけて、遊園地にでも行くみたいに楽しそうに言った。

ガソリンスタンドを通り過ぎ、大きな通りへ出て右へ曲がった。車で、しかも真夜中に高校に行ったことなんてなかったから、見慣れているはずの何年か前の通学路は、初めて通る道みたいだった。二人が眠っているから気を遣ってずっとかけられなかったカセットテープもかけた。気を遣っていたのがばからしくなるくらい、ボリュームを上げてもけいとは眠り込んでいる。そういえばこのテープは高校時代にけいとがむりやりくれたもので、ぼくにはよくわからないけどイギリスのポップなロックバンドで、ボーカルが男前とはいえないけど格好いいんだとけいとがしつこく主張していた。男前かどうかはよくわからないけど、曲は悪くないので今でも聞いている。真紀はぼくの肩越しに真夜中の道路を流れていく光を見ている。なんとなく、いい気分だった。

高校にはすぐに着いた。当たり前だけど、真っ暗だった。

「着いたで。ここが、おれとけいととそれから豊野が行ってた高校」

「へえー」

真紀は窓を開けて身を乗り出し、校舎を見回した。塀の向こうの四階建ての細長い校舎は、暗いせいか大きな壁みたいだった。ところどころに緑色の非常灯が光っていた。開けた窓から、冷たい空気が流れ込んできた。

「中に入ったりできへんの？」

「それは無理やなあ。なんか前に泥棒が入ってから警備が厳しくなったみたいで、こないだ友達が夜中に酔っぱらって門よじ登って入ったら、えらいことになったらしいわ。警備会社とか警察とかいっぱい来て」

「おもしろくないなあ。じゃあ、周り一周しようよ」

「車で？」

「車やったらすぐ終わるから、歩いて」

熟睡しているけいとは置いていくことにして目立たないところに車を停め、ぼくと真紀は降りて歩いた。

学校の周りをぐるっと取り囲んでるガードレールの内側を並んで歩いた。冷たくて動きのない静かな空気は快適だった。真紀は妙にはしゃいで、あちこち指さしてはぼくに解説を求めた。

「中沢くんの教室はどこ？　二年のときは？　三年のときは？　あれって体育館？　食堂で食べてた？　お弁当？」

ぼくはそれぞれの質問に答えながら、電気の消えた校舎を眺めて、ここ何年も一度も考えたことのなかったようなことを思い出していた。食堂はアイスクリームも売っていた。そういえば柔道の授業とかもあった。ぼくはまあまあ強かった。教室では眠ってばっかりで、一時間の授業の間もずっと起きていることはめったになかった。数学が好きだった。何をしていたかなんて、もうほとんど覚えていない。

「クラブとか入ってたん？」

「クラブは入ってない」

「そうなん。映画部かと思ってた」

真紀はぼくの一メートルくらい前を歩いていて、背よりも高い塀の向こうを覗こうと一生懸命になっていた。

「映画部は、なかってん。それやし、映画はそういう同好会みたいので撮りたくなかったから、入ろうと思ってなかった。それよりやっぱり高校生は運動部やと思って、サッカー部も格好ええしラグビーも渋いよなあって見学ばっかりしてるうちに、入りそびれてもうたわ」

「そうなん」

しばらく行くと、裏門の前に来た。冷たい鉄の格子のすぐ向こうには運動部の部室が並んでいて、その向こうに狭い運動場が見えた。真紀は格子を両手でつかみ、頭をくっつけて中を見ようとしていた。もちろんだれもいなくて、怖いくらい静かだった。横の道路を、ときどき自動車が走り抜けていった。

「映画、撮らへんの？」

その姿勢のまま、真紀が言った。ぼくはあんまり予想していなかった質問だったので、なんて答えようか迷った。

「撮ればいいのに」

「撮るよ、そら」

「女の子を口説くんは積極的やのに、映画はなかなか実現できへんなあ」

痛いところを突かれて、ぼくはまた答えに困ってしまった。

「なんていうか、まだ、今じゃない、これじゃないって感じやねん。もっといいのが、めちゃめちゃすごいのができるんちゃうかなあって思うんや」

ぼくはそう言いながら、夏の駅のホームでやり過ごした何本もの電車を思い浮かべた。真紀は、門を背にしてもたれて、ちょっと笑った顔でぼくを見ていた。門ががしゃんがしゃんと音をたてた。

「そういうこと思ってそう」

「なんやねん、思ってそうって」

ぼくは返す言葉がなくなって、真紀とは顔を合わせないで門のところに並んで立った。真紀は、ぼくの反応をおもしろがっているみたいでぼくの顔を見ながら言った。

「これやっていうんじゃなくても、行き当たりばったりで撮ってもおもしろいかもしれへんで。そうや、さっきの変なカメの話撮れば」

「どうやって撮るねん。三メートルの、背中はワニで裏返したらカメやで」

「SFXやん。特撮や。ミニチュアで作って大きく見せるとか。結構ええかもよ。マングローブの川でロケしようよ、沖縄行って」

「うまいこといくかなあ」

「いくよ、絶対。楽しそう」

真紀はほんとうに楽しそうにいろいろ映画の計画を話した。その顔を見ていると、ぼくも楽しい気持ちになってきた。

「そうやな。ええかもな。おもしろそうや」

「そうやろ。中沢くんは絶対おもしろい映画作れるって」

ぼくはうれしくなって真紀に抱きついた。頭を撫でると、つるつるした髪の毛が気持ちよかった。

「真紀はええ子やなあ。かわいいなあ。世界一やで」

「また言うてる」


四百メートルのトラックも満足に取れなかったくらい狭い学校なので、すぐに一周してしまい、ぼくと真紀は車に戻った。けいとはぼくたちが外に出ていたことには全く気づいていないみたいで、窓側を向いて丸まって寝ていた。

車を出してしばらく行くと、前方に高架になっている環状線の駅が見えた。けいとと豊野と三人で、ワニガメとそれからどうでもいいたくさんの話をした駅だった。真紀はさっきからあんまりしゃべらないで後ろのシートで窓にもたれていたけど、眠そうな声でひとり言みたいに言った。

「夜中って、電車、動いてないねんなあ」

「そうやなあ」

と言って振り向くと、真紀は目を閉じて、小さな寝息を立てていた。ぼくはまた一人になった。いつの間にか、カセットテープも終わっていた。

さっき通った道を逆になぞって戻ってきて、ガソリンスタンドが夜の中で煌々と光っている信号を左に入って、少し細い道を進んだ。けいとも真紀も、まるで起きる気配はなかった。起こすのは悪いことのような気がした。とても静かだった。けいとの家の手前の、小さい公園の前に車を停めて、煙草に火をつけた。

それから、しばらく沖縄に行って撮る映画の話を考えていた。だれかが目が覚めたら、話して聞かせようと思った。

「十年後の動物園」　三月二十四日　午後一時

指摘されてよく見ても納得がいかないくらい、むりやり動物の顔に似せたデザインの交番の前で正午過ぎに会ったときから、ちよは機嫌が悪かった。

朝からずっと、重くて今にも雨が降りそうな曇り空で肌寒く、そのせいで機嫌が悪いのならいいと思っていた。だけど、たぶんぼくが遅刻をしたせいだと思う。それから、もっとほかのことと。

天王寺公園には入らないで、美術館と公園に挟まれた道を抜けて動物園の正面に回ることにした。緩やかな下り坂の道路は、両側の柵の向こうが暗い緑色の葉でびっしりと埋められていて、人通りもほとんどなく、静かだった。手はつないでいたけどちよがあんまりずっと黙っているので、ぼくはとりあえず謝ってみた。

「ほんまにごめんって。出がけにいろいろ用事してたら出るのが遅れて、バスにも遅れて、そしたら電車にも二本ぐらい遅れて……」

「嘘や。家に電話したもん、わたし。おばちゃんに確認した」

ちよはぼくのほうは見ないで、早口でそう言った。怒っている。かなり怒っている。

ぼくはなんでつまらない嘘を言ったのか、本当の理由を言うのが格好悪かったからだけど、言わないほうがましだったと後悔した。ちよはずっと横顔を向けている。湿気のせいで緩やかなウエーブの髪がぺたんと寝てしまっている。でも、かわいい。かわいいなあ、ほんま。

「どうせ駅かどこかでアンケートに……とかいう人にでも捕まってたんとちゃうん」

当たってる。早く着きすぎたので本屋で時間を潰していたら、英会話の勧誘の女の人に話しかけられて、動けなくなってしまった。

「当たってるやろ。なんで話なんか聞くん」

離れてしまうとぼくだってなんでって思うけど、その時はしかたなかった。もちろんぼくが全面的に悪い。

「いや、なんとなく……。聞いてるつもりはなかってんけど、おかしいなあ」

「わたしが待ってるなあとか思わへんの？　雨かって降りそうやのに。電話もつながれへんし」

「地下やってん。早よ行かなと思っててんけど、なんか行かれへんかって……。ほんまにごめん。ごめんなさい」

「いいって、もう」

ちよは、ぼくの手を離し、ニットのジップアップのカーディガンをいちばん上まで閉めた。暖かそうな太いグレーの毛糸で、今年ちよが買った服の中でぼくがいちばん気に入っているやつ。ぼくはその柔らかい肩のあたりを撫でてみたくなったけど、怒られそうなのでやめる。

　ちよはまた黙った。歩いて行く先のほうから、カラオケのよくわからない曲が聞こえる。大きく右に曲がっている下り坂を歩いていくと、いつもそこにいる人たちがいて、いつも同じようにカラオケをしている。今日は平日なので、一組しかいなかった。原色のパラソルが二本立っていて、その下にかなり旧型のカラオケセットが並べてある。周りには籠や段ボール箱に入れられたカセットテープがあり、一曲百円の張り紙がしてある。客なのか「店」の人なのかよくわからない、おっちゃんとおばちゃんが何人か飲んでいて、大衆演劇みたいなメークのおっちゃんがぼくの知らない歌を歌っている。幼稚園のとき初めてここに来たときと変わらない光景。だけど、今こういう状態のときにはちょっと通りたくない。

　ぼくとちよがその前を通ると、予想通り退屈しているおっちゃんたちが声をかけてきた。ぼくはすぐ知らない人に話しかけられる。

「お、デートか。ええなあ、若い人は。羨ましいね」

　ぼくは曖昧に笑顔を返した。ちよは興味なさそうに、すたすた歩いていく。きっと、またしょうもないことに返事していると思ってるやろうな。

「なんやあ、ねえちゃんは冷たいな。ちょっと、ぼく、いっしょにうとてけへんか」

おっちゃん、頼むからいらんこと言わんといて。曖昧な笑顔を続けながらも、ちよの背中を見て、ここはがんばらなければと思った。

「いいです。ぼくは今からちよと動物園に行くから」

言えた。

「そうか。がんばりや」

おっちゃんは少しも残念そうじゃなく、からかいの表情でぼくに手を振った。そうそう、別に言うてみただけなんやよな、暇やから。でもそのせいでちよは早歩きになってるやん。ぼくは慌ててちよを追いかけた。ちよは立ち止まって振り返り、ぼくの手を取った。


平日だったし、天気も悪いので、動物園は空いていた。

キリンを見ただけで小雨が降りだして、ぼくとちよは目の前のコアラ館に駆け込んだ。コアラ館の通路は薄暗く、ガラス張りのコアラの展示室が柔らかい光に覆われているのとは対照的だった。週末や夏休みなんかだと人が多くてゆっくり見られないのかもしれないけれど、今はだれもいなくて心ゆくまで見ることができる。展示室は三つに分かれていて、ぼくたちは手前から順に見ていった。コアラはユーカリで作られた台の真ん中へんにしがみついて、全く動かなかった。

「ほんまに生きてるんかなあ、あれ。置きもんちゃうん？」

　しばらく見ていてもなんの反応もないので、もともと機嫌の悪いちよは苛立った。

「うん。縫いぐるみ置いといてもわかれへんよなあ」

「いいなあ、あんなんでよかったら。ずっと、寝て、食べてるだけやん」

「うん。ぼくも代わってほしいなあ」

「いいやんか。かわちくんは、今のままで」

　ちよはコアラだと思われる灰色の丸い毛皮から目をはなさないで、言った。棘のある言い方だったので、ぼくは、なんでって聞きたかったけど、やめておいた。

　ずっと見ていても動きそうにないので、隣の展示室に移動した。その部屋には、案内板によると二匹のコアラがいるらしかったけど、さっきまで見ていたのと同じような灰色の丸い毛皮が、同じようにユーカリの枝の分かれ目にくっついているだけだった。どこにもう一匹いるんだろうと思って探し回っていると、ちよが気づいた。

「もしかして、あの塊って二匹おらん？」

「えっ、どこ」

「ほら、なんか、手か足かわからんけど、多くない？　右のやつの下にもう一匹いてるんやわ」

「えー、葉っぱに隠れてて……。あっ」

その時、やっとコアラが少し体をひねり、置き物ではないことと二匹いることがわかった。

「動いてる、動いてる、餌とか食べへんかな」

ぼくとちよは夢中になってそのゆっくりした微妙な動きに見入っていた。下にいるコアラは全然動かないままだったけど、動きだしたほうは葉を引っ張ったりし始めた。

その時、

「ほら、見てみい。動いとるわ」

という声が後ろから聞こえた。ぼくたちしかいないと思っていたので、びっくりして振り返ると、黒っぽい普段あまり見かけないような縦縞の入ったスーツに、色の濃い大きめのサングラスをかけた、角刈りの同じような格好の中年の男が二人、壁にもたれてこっちを見ながら話していた。ぼくは慌ててコアラのほうに向き直った。静かなので、二人の話す声がよく響いた。

「ほんまや。おっ、葉っぱ食うとるで」

「ほんまや、食うとるわ。かわいいなあ」

ちよも気づいたみたいで、どうしよう、という顔をしてぼくを見た。笑いたいのに笑えなくて、どうしようっていう顔で。

そのままそこにいると絶対笑ってしまいそうだったから、ぼくとちよはその隣の、いちばん出口に近い展示室に移動した。そこには説明の書いてある写真入りの案内板があって、一匹のコアラがいるはずだったけど、どこを見てもコアラは見当たらなかった。だけど、出口の外を見るとまだ雨が降っていたので、ぼくとちよは仕方なくそのコアラのいないユーカリの部屋を眺めていた。

「どこにいてるんかな。あの、奥の部屋とかに入ってるんかなあ」

ちよは背伸びをして、ユーカリの木の向こうに見える緑色の鉄の扉の奥を覗こうとしながら言った。

「餌の時間とちゃう?」

「でも、餌ってユーカリちゃうん。そしたらここで食べたらいいやん。動けへん上に、出てきもせえへんなんてずるいわ」

「でも、コアラにもいろいろ事情があるのかもしらんし」

ぼくがそう言うとちよは、ぼくの顔をしばらく見て、それからまたコアラのいない部屋に視線を戻した。静かだから、柔らかい雨の音が聞こえてきた。

「そうやって、すぐ人のこと気にするねん、かわちくんは。コアラの事情なんかほっとけばいいのに。かわちくんは見たくないん？　コアラ」

ぼくは、ちよがなにを言ってるのかよくわからなくて、でも、また機嫌が悪くなってきたことはわかって、うろたえた。

「コアラは見たいけど、コアラが出てきたくないんやったら別にいいかなあって。でも、ちよがそんなに見たいんやったら、出てきたらいいのになあと思うけど」

「見たくないって、コアラなんか」

ちよは、さっきよりも強い調子でそう言って、あとは黙ってしまった。ぼくはますます、なんで怒ってるのかわからなくって、なにを言えばいいのか考えた。だけど、どれもよくないような気がして、結局は黙っているだけだった。十メートルぐらい離れたところにいる、さっきのやくざ風のおっちゃんがこっちを見ていないかどうか気になってしかたなかった。

「そんなんやから、かわちくんはやさしくていい人やとか言われるねん」

ちよは、なんの気配もない緑の扉を見たまま、左手で左の襟足の髪の一束をずっと触っていた。髪がはねているとき、気になるみたいでいつもそうする。

「なんのこと？　いい人って」

「話も聞いてくれるし、飲み会とか誘ったら毎回来てくれるし、いい人やって、みんな言うてる」

「みんなって？」

「みんな。うちの科の女の子とか」

ちよはそう言って、また黙ってしまった。ぼくはなんの話かよく飲み込めずに、ただ、ちよが言った言葉について考えていた。

「なんか、そういうのって、変な感じする」

ぼくがそう言うとちよは、やっとぼくの顔を見た。

「人が自分のこと話してるのって変な感じがする。自分のいてないところで、自分が話題に上るなんて、それでしかも、そうやっていい人とか言われるなんて。昨日会った、とかいう事実とか、それか、悪口とか言われるんやったら想像つくけど」

「なんで。かわちくんも人の話するやん。わたしとしゃべってても、あいつっておもしろいでとか。それといっしょやん」

「けど、なんか、そういうの聞く度に、変な感じがするねん。人が、ぼくのことどうこう思うんやって」

「そのわりには、人にどう思われてるかばっかり気にするやん。だから人の長話も聞くし、飲み会にも行くし、アンケートにも捕まるんやろ」

「そういうふうに言われても」

「それはほんまに人のこと考えてないからやん。人が自分と同じようにいろいろ考えるんやって考えてないからや。人のことばっかり気にしてるのは、自分のことがいちばん気になるからやん」

ちよがもっともなことをかなりの勢いで言い出したので、ぼくはなにも言えなかった。余計なことを言わなければよかったと思った。あんまり、怒らないでほしい。

その時、左後ろから肩を叩かれて、ぼくはびっくりして振り返った。さっきのおっちゃん二人が立っていた。

「にいちゃん、けんかはあかんで、けんかは」

「仲ようしいや。かわいい子やないか」

「はい」

ぼくは妙に高い声でいい返事をしてしまい、格好悪かった。おっちゃんたちはそのまま、雨の中傘もささないで歩いていった。

ちよはぼくの顔を見て、ちょっと笑った。

しばらくして、雨が止んで、いろんな動物を見ている間に、ちよの機嫌も少しよくなった。ちよはマレーグマがお気に入りみたいで、ぼくが飽きてしまっても、長い間二頭のマレーグマがじゃれ合ったりうろうろと作り物の岩の間を歩き回ったり岩に背中をこすりつけたりするのを眺めて喜んでいた。あまりにもちよが動かないので、ぼくは一人でその周りの動物をふらふらと見て歩いた。少し離れたところに、ホッキョクグマがいた。白い作り物の北極的風景が広がっているところに大きな白い熊が一頭座っていた。ぼくは柵のところまで歩いていった。

柵と熊のいる白いコンクリートの間には深いプールがあり、ぼくとホッキョクグマの間にはかなりの距離があった。熊は、テレビや写真で見て感じるのよりもずっと大きかった。ゆっくりとした重そうな動きで、立ち上がって体を揺らしたりまた座り込んだりを繰り返していた。ぼくはそれをじっと見ていた。

「かわちくんはマレーグマよりホッキョクグマがいい？」

いつの間にか隣にちよがいて、ホッキョクグマを見ているぼくを見て聞いた。

「そうやなあ。なんかかわいいやん。白くて縫いぐるみみたいで」

「でも、ホッキョクグマってめちゃめちゃ強くて怖いねんで」

「そうなん」

「動物の中でいちばん強いかもしれへんってテレビで言うてた」

目の前でゆったりと転がっている熊からは、そんなことは想像できなかった。

「ぼく、気になってることがあるねんけど」

「なに？」

「あの熊って、ずっと長いことここにいてるんかなあ」

「さあ？　長いことってどのくらい？」

「十年以上。ぼくが小学校のときに見た熊といっしょかなあ」

「どうやろ。大きいから大人みたいやけど。なんで？」

ぼくは、白いコンクリートの氷壁の端に寝そべっているホッキョクグマをもう一度よく見た。手足の毛は茶色っぽく汚れているし、緩慢な動作は年を取っているようにも見えた。

「小学校のとき、写生会に来てんやん」

「わたしも来たで。三年のときかなあ」

「ぼくは四年。それでホッキョクグマ描いてん」

「へえ。この熊？」

「それが知りたいねん。その時、後ろばっかり向いてて全然こっち向いてくれへんかったから描かれへんかってん」

「ほんで」

「ほんでえ、こっち向かせようと思って、絵の具投げてんやん」

「向いた？」

「向いてんけど、絵の具食べたんや」

「なに色？」

「白。白熊やから。それで口のとこから白いのが流れてて、口のとこらへんは黒いから目立つやん、鼻とか。だらーって、白いのが。めっちゃ怖かったわ」

ぼくは、その時のことを思い出してまた怖くなった。ちよは柵の下の枠に足を掛け、上の枠に肘をついて身を乗り出してホッキョクグマを見ようとした。でも、ホッキョクグマは前足に顔を埋めて寝る体勢に入ってしまった。

「あの熊なんかなあ。かわちくんの絵の具食べたの」

「そうやったらいいねんけどなあ。死んだらどうしようかと思って、しばらく夜も寝られへんぐらいやったわ。今でもニュースとかで、天王寺動物園って言うたらびくってなるもんなあ」

ちよは、声を上げて笑った。ぼくはほっとした。小学校のときに絵の具を投げといてよかった。

「大丈夫やって、きっと。だから、もうそんなんしたらあかんで」

ほとんどの動物を見てしまい、ぼくとちよは世界中の鳥がいるコーナーを歩いた。その端に、ダチョウの柵があった。そばに生えている中ぐらいの大きさの木の下に並んで、ダチョウを見た。ダチョウは三羽いるみたいだった。みんなぼくよりも背が高く、蹴られたら死ぬかもしれないような立派な脚をしていた。

L字形の運動場の端と端に一羽ずつがいて、それぞれ地面や草をつついたりしながら悠然とした足取りで歩いていた。残る一羽は、落ち着かない様子で灰色の羽を開いたり閉じたり、あっちに行ったりこっちに行ったりしていた。

「なんか、あの一匹だけ、落ち着きないなあ」

「そうやなあ。もしかしていじめられてるとか」

さえない表情のそのダチョウを見て、ぼくは少し心配になった。

「にいちゃんら、ダチョウが好きか」

二メートルほど離れたところにあるベンチに、ぼくの祖父と父の間ぐらいの年のおっちゃんが座っていた。荷物のぱんぱんに詰まった紙袋を隣に置き、紺色のナイロンのジャンパーを着ていた。きれいとはいえない格好だった。

「ダチョウ、見に来たんか」

「いや、そういうわけじゃないですけど」

ぼくは、なんて答えていいかわからなかったけど、とりあえずそう言った。ちよはぼくの陰から、謎のダチョウおじさんを見つめていた。

「あれはな、雄や。ほんで、残りの二匹が雌なんや」

「そうなんですか」

おっちゃんがなんでそんなことを知っているのかはわからないけど、雄と言われたダチョウは相変わらず端の一羽のほうに行っては知らない顔をされ、それでもう一羽のほうに行くとつつかれて追い返されるというようなことを繰り返し、所在なげにうろうろしていた。

「あの雄は、両方の雌を追わいていっとるんや。一日中、あっち行きこっち行きしとるわ」

「二股かけてんの？」

急に、ちよが口を挟んだ。ぼくは、ちよと、近いほうにいる雌の一羽を交互に見た。

「いや、二股っていうほどでもないな。雌もあっち行きこっち行きしてんの知ってるからな、相手にしてへんわ。やっぱりな、あんなどっちつかずのことしとったらいかんわ。どっちも自分のもんにしようなんて思うとったら、結局はどっちからも愛想つかされるっちゅうことやな」

「ふうん」

雄のダチョウは、おっちゃんにそんなことを言われているとは全く思ってない様子で、しつこく二羽の雌を追いかけていた。雌が追い払おうと羽をばたつかせたり走ったりする度に、薄い灰色の羽毛が舞い上がった。

「なんでも、欲張ったらいかん」

おっちゃんはベンチにどっかりと座り込んだまま、自分の格言に納得して頷いていた。ちよはダチョウのほうに向き直り、うろうろしている雄をしばらく眺めて、言った。

「欲張りなんや、あのひと」

ぼくは、そんなちよと三羽のダチョウの様子を見比べながら、思った。

「そうなんかなあ。あのダチョウは欲張りなんかなあ」

ちよは柵にもたれたまま、ぼくのほうに目を向けた。

「ぼくはそんなふうには思われへんなあ。だって、こんな狭いところにたった三匹でずうっとおんねんもん。みんなで仲よくしたいと思ってるだけとちゃうかなあ」

ちよは、しばらくぼくの顔をなにも言わないで見ていたけど、またダチョウのほうを向いてしまった。ぼくは、また機嫌が悪くなるようなことを言ってしまったのかと思って、ダチョウのほうを向きながらも、ちよの表情を窺った。

斜め後ろにいるおっちゃんは、ぼくの言ったことが聞こえていたと思うけど、なにも言ってこなかった。両方の雌から拒絶された雄のダチョウは、結局どちらにも行くことができず、ちょうど真ん中辺りで一人で羽を膨らませたり足踏みをしたりしていた。めっちゃまぬけな感じや。

「わたし、かわちくんがそういうふうに思うのはよくわかるねん」

柵に肘をついてあごを載せて、ちよはダチョウを見ていた。

「そういうふうに、人に気を遣って、どうでもええようなことをいろいろ一生懸命考えてるんやろうなって」

「うん」

「こないだうちの科の女の子と飲みに行ったのも、あやちゃんとか山下さんとかの長話を延々と聞いてあげたのも、みんなそうなんやろうなって。わかるねんで、わたし」

ちよはそう言って姿勢を直し、頭をぼくの腕にもたれさせた。柔らかい髪の感触と程よい温度が伝わってきた。ぼくは、なんてかわいいんやろうと思って、抱きしめたかったし、キスしたかった。だけど斜め後ろでおっちゃんがこっちを見ているようだったし、近づいてくる親子連れもいたから、なにもしなかった。ただ、ダチョウを見ているちよを見てた。まぬけな雄のダチョウは、羽を大きく広げてから畳み、また右手の隅のほうで澄ました顔をしている雌のほうへ走っていった。

一周して、ぼくとちよはキリンの前に戻ってきた。背の高いキリンの柵の前には、何組かの親子連れがいてキリンを振り向かせようと声を上げていた。ちよは上機嫌で、遠くのキリンに手を振っていた。

「さあ、動物もみんな見たし、どうする？　天王寺のほう行く？　それとも新世界のほう行って通天閣とか登ろか」

「あ、ぼく、もう行かなあかんわ」

「行かなって、どこへ？」

「京都。正道さんの引っ越し記念飲み会があるって言うたやん」

「それって、夜やろ。夕方までいいって言うてたやん」

ちよの目つきが変わった。

「だから、夕方行くって、京都に。そう言うたやん。もう行かな。正道さんに怒られるし」

「今度天王寺行ったら串かつ屋とか行こうって言うてたやろ」

「別に今日行くなんて……」

「わたしは行くつもりやったの。こんなに早よ帰るんやったら、先言うてよ。ほんならもっと早くから来るとか、わたしもいろいろ考えるやんか」

「でも、朝早かったら起きられへんて……」

「こんなことやってわかってたら早よ起きるわ。もう、来えへんかったら良かった」

せっかく機嫌が直っていたのに、ちよは近ごろではいちばんの勢いで怒りだした。

「久しぶりに遊びに来たのに。そんなん、行かんときいや。用事できたとか言えばええやん」

「そんなん……」

そのとき、ぼくは腹の左下辺りに鈍い痛みを感じた。それは、みるみる強くなっていった。

「今晩のことはだいぶ前に約束してたし、それに、飲みに行くだけじゃなくて用意するの手伝うって言うてあるから、行かへんかったら怒られると思うし」

「怒られたらいいやろ。怒られて、謝ったらしまいやん」

「しまいって……」

「じゃあ、わたしは怒ってもええの。怒らしたってええと思ってるんや」

「そんなこと言うてないやん」

　ちよはキリンを見ていた子供が興味を持って近づいてくるくらいの大声を上げていて、ぼくの話を聞く余裕なんてなさそうだった。ぼくはぼくで、だんだん鋭くなっていく痛みのせいで、ちよをなだめることにも言い訳をすることにも気が回らなくなってきた。

「人に気を遣うのはわかるって言うたけど、どっちにもはっきりできへんだけなんやん。わたしが行かんといてって言うても行くんやろ。かわちくんはよう断らへんもん、絶対」

「ちゃんと説明せえへんかったんは悪いけど。ごめん。でも、今日は行かないと」

「行ったらええって言うてるやん、行くんやったら。わたしは帰るし」

「ちょっと待って」

「待ってって、じゃあ行かへんの？」

「いや、そうじゃなくて」

　ちよは眉間にしわを寄せ、上目遣いにぼくを見て、次の言葉を待った。

「そうじゃなくて、ちょっと、トイレに……。腹痛いねん」

　眉間のしわは消えて、ちよは腹を押さえてるぼくをまじまじと見た。そして、再びしわを寄せた。

「いっつもそれや。困ったことがあるとすぐおなか壊すねん。それで、けんかしてても大概うやむやになってしまうねん。今日もそうするつもりやろ」

「ごめん。ほんまにぼくが悪いと思う。だからちょっとトイレ行く間待ってて」

「弱すぎるわ。鍛えろ。しっかりしてよ」

「うん、今度からそうするから、ごめん」

　ぼくは耐え切れず、三十メートルほど先に見えてるトイレを目指して走った。

「知らんでー。帰るでー」

　背中のほうから、ちよの声がした。だけどぼくはその声に答えることもできなかった。かなりのスピードで走っていたみたいで、トイレの入口に立っていた男の子がびっくりするのが、目の隅に映った。

トイレから出てくると、ちよはいなかった。ぼくはちよの携帯電話に電話をかけてみたけど、呼び出し音が鳴るだけで出なかった。

周りを見回すと、親子連れとぼくやちよと同じくらいの年のカップルと暇潰しをしているおっさんと、そういうような何人かの人がそれぞれ動物を見ていた。ぼくはその間を歩きながら、動物園に一人でいるなんて初めてやなと思った。

キリンの向こうに、ホッキョクグマの白い氷壁が見えた。ぼくは、もう一度ホッキョクグマを見ておこうと思って、そこに向かって歩いていった。

ホッキョクグマは二頭に増えていた。どちらも同じくらいの大きさで、看板の説明によると「ユキコ」と「ネボスケ」なんだけれど、どっちがどっちかはわからなかった。ぼくの投げた絵の具を食べた熊なのかどうかもわからなかった。ぼくは柵にもたれかかり、二頭の熊に向かって長々と反省の言葉を述べた。あのときは、隣で圭子ちゃんがこっちを向いてくれないと絵が描けないと言って困ってたし、後ろでは藤田くんがなんとかしろって筆でしつこくぼくの背中をつついてたし、ぼくだってもちろんあんなことしたくなかったんや。まさか、絵の具を食べるやなんて、ほんまにびっくりした。圭子ちゃんも藤田くんもその姿を平気で絵に描いてたけど、ぼくはそのあとなんにも描けなくて、先生に怒られた。参観日のときも教室の後ろにはぼくのところだけ隣の家の犬の絵が貼ってあった。それでお母さんにも怒られた。それで許してほしいとは言わへんけど、ぼくもずっと悩んでたんや。絵の具のチューブには鉛が入ってて有害やからプラスチックになったって聞いたときも、動物園の熊が変死して解剖してみたら鉛中毒やったっていう夢を何回も見たんやで。でも、今こうして元気でいてくれて、ほんまによかったよ。注意してたけどホッキョクグマが死んだなんていうニュースも聞かへんかった。きっと、チューブの部分は固いから吐き出してくれたんやなあ。ほんまに悪いことしたなあ。さっき、絵の具投げといてよかったとか一瞬思ったけど、気の迷いやねん。ごめんなさい。

熊はそんなぼくのことにはお構いなく、一頭は仰向けにごろごろと転がり、もう一頭はプールで泳いでいた。

ぼくはもう一度ちよに電話をかけてみた。十回呼び出し音がして、留守番電話サービスに繋ぎますというアナウンスが流れた。ぼくは一度切って、もう一度かけた。八回目の呼び出し音の途中でちよが出た。

「ちよ、さっきはごめん」

「今はなんにも聞きたくない。とりあえず、今日はあかんわ。明日にして」

「ほんまにごめん」

「うん。だから、明日」

それで、電話は切れた。ぼくはそのまま、携帯電話のディスプレイをぼんやりと見ていた。そこに電話がかかってきた。ちよじゃなくて、正道さんだった。

「おれ、ちょっと用事できたから、来るの六時より後にして。買い物とかはおれ行っとくし」

「そうなんですか。もうちょっと早く言うてくれたらよかったのに」

「なんで？　なんかまずいん？」

「いや、もうええんです」

「そうか？　じゃあ、また後で。出町柳から電話してくれたら迎えに行くし」

「じゃあ」

ぼくは電話を切って、しかたがないのでまたホッキョクグマを見た。今は二頭で仲よく泳いでいる。いいよな、うまくいってて。

中途半端に時間ができたので、ぼくはもう少し動物園を歩くことにした。しばらく行ったところで、幼稚園の年長組という感じの男の子がひとり、ぼくに向かって歩いてきた。来た方向を見ると、父親と思われる男の人は妹らしい女の子が大泣きしているのに気を取られていた。男の子はぼくの足もとで立ち止まった。そしてぼくの腰のところからぼくを見上げて言った。

「なにしてんの?」

今日は何人の知らない人から話しかけられたんやろう。

ぼくは、少し考えて答えた。

「なにしてんねんやろうなあ」

「途中で」　三月二十五日　午前三時

ぼくは自転車に乗って、夜の道を走っていた。道の両側にはぼくが昨日から住んでいる家と似たような古い家が並び、低い屋根のすぐ上に星が見えた。さっきまで冷たいと思っていた風が、慣れてきたせいか気持ちよくなってきた。自転車のペダルの重みと同じくらいに。ぼくは、しばらく自転車に乗っていたくなって、行き先を鴨川を渡ってまだ向こうにある酒屋に変更した。空には星が、数えられるくらいだけど、たくさん見えた。

一時間ちょっと前、中沢の車に手を振って家に戻ると、テレビの前で、かわちと坂本が座って酒を飲んでいた。中沢の連れてきた彼女と幼なじみももちろん中沢の車で帰ってしまい、家には男ばっかりが残った。酔っぱらって歌を歌ったり大騒ぎしていたので近所迷惑じゃないかとその時は思ったけど、女の子が帰ってしまうとやっぱり寂しい感じになった。坂本はさっきまでTシャツだったけど、酔いが醒めてきて寒くなったのか黒いセーターを着直していた。ぼくもそこに座って、空いてるコップにビールを注いだ。だけど半分ぐらいのところでビールはなくなってしまった。坂本は周りに置いてあった段ボールの中から勝手に本を出してきて、煙草をくわえたままぱらぱらとめくっていた。

階段がきしむ音がしたので振り向くと、ぼんやりとした目つきの西山がゆっくりと降りてきた。まだTシャツのままで、左手で緑色のセーターを引きずっていた。

「やっと起きたんか」

「そうやなあ」

西山はぼくのほうには目をやらないで、右手を壁について支えにしながら、ふらふらと風呂場のほうに歩いていった。中沢の酔っぱらった彼女に散髪をされた西山の頭は、後ろから見ると右上右下左上左下がそれぞれアンバランスで、右側よりも短い左側の耳の後ろにはほとんど髪がなくなっているところがあった。

しばらくして、風呂場から西山の声がした。

「正道ー、ちょっと来てー」

寝起きの、力のない声だった。ぼくはビールの入ったコップを右手に持ったまま、風呂場のほうへ歩いていった。

西山は洗面台に両手をついて、鏡の自分を黙って見ていた。

「なにしてんの？」

「おれ、そんなに酔うてたかなあ」

西山は右手の中指で右の眉をなぞりながら、ほんとうにわからないという様子で聞いた。

「そうみたいやな。おれも今、初めてじっくり見たけど」

「こんな、散髪しかけみたいな髪になったんやったっけ？」

「そうやなあ。まあまあ」

「そうか」

今度は右手で頭の後ろをぐしゃぐしゃと掻いて、西山はそのまま頼りない足取りで、テレビのある部屋のほうへ戻っていった。ぼくはビールを一口飲んで、後をついていった。テレビの真ん前に腰を下ろして、西山はテレビのスイッチを入れた。三十年ぐらい前の、アメリカの刑事ものの映画をやっているみたいだったけど、どう見てもおもしろくなさそうだった。だけど西山はチャンネルを替えないで、胡坐をかいた足の上にリモコンを置いたまま、コップにジンとコーラを入れて飲み始めた。

それで、ぼくとかわちはまたどうでもいいようなことを話し始め、坂本は本をめくって煙草を吸い、西山はテレビを見ながら飲んでいた。かわちが言った。

「西山さん、今までと感じ変わりましたよね。なんていうか、爽やかになった」

ぼくは、かわちは飲めないはずなのに酔っぱらっているのかと思って、顔をまじまじと見てしまった。かわちは笑顔で西山の反応を待っていた。

「そうか」

西山は短く答えてから、リモコンを持ってテレビのチャンネルを順番に替え始めた。もう夜中だったし、たいした番組はやっていなかった。放送が終わっているチャンネルもあった。西山は各チャンネルを三秒ずつ見て次のチャンネルへ行くことをずっと繰り返した。チャンネルを替える間隔がだんだん短くなって、四周ぐらいしたところでコップをテーブルに置いた。空っぽになっていた。

「いいよな、かわちは。どんな髪型にしても女の子に好かれるんやろうな」

「そんなことないですよ。ぼく、こんな顔やから、結構似合うの少ないし」

「こんな顔?」

西山はテレビのほうを向いて座っていたのに向き直って、かわちの髪や顔や手の辺りを順に眺めた。ちょっと、危険な兆候だと思った。

「こんな顔って、色白で目が大きくてでもバランスがとれてて睫毛も長かったりするいかにも女の子受けするそんな顔ってことか?」

表情は普段と変わらなかったけど、声は明らかにいつもとは違っていた。かわちはそのことに気づいて、目に見えて焦り出した。ずっと本を見ていた坂本も顔を上げた。

「いや、ぼく、そんなに人がいうほど女の子に好かれないですよ。あの、西山さんの髪、ええ感じになってるから、ぼくも切ってもらったんですけど、ほんまに」

「ほんならなんで同じにならんと、おまえだけそんな小綺麗に仕上がっとんねん。真紀ちゃんもお前が男前やから気い遣ったんや。おれはこんなんやのに」

「あの、ぼくは……」

「まあまあ、髪は散髪屋でなんとかしてもうたらええやん。そんなにどうにもなれへんことないよ。かわちのせいやないんやし、いじめたるなよ」

「いや、おれは事実を言うてるんや。なんで、こんな気の弱いやつが女の子に好かれるんや。中沢の幼なじみの女もずっとこいつにばっかり話しかけとったやないか。どういうつもりや、おまえ」

「どういうつもりって言われても……」

西山はすっかり酔っぱらいおやじと化して、かわちに絡み始めた。坂本はぼくたち三人の顔を順番に見てちょっと笑った。

「そんなんかわちに言うてもしゃあないやん。そんなんゆうてんと、ほら、なんか食べるか？　ほんで、楽しい話しようや」

ぼくは台所から隠しておいたカールとプリングルスをもってきた。西山は、今度はコップにコーラだけを注いで、しばらくおとなしくカールを食べていた。

「そういえば、西山さん、こないだ計測科学の女の子と遊びに行ったんでしょう？　楽しかったですか」

「あー。そうやな」

かわちは話を明るい流れにもっていこうと質問したけど、西山は曖昧な返事をしただけで、またテレビの画面に視線を移した。

「なに、西山、計測科学の女の子って」

ぼくも話しかけてみたけど、西山は何も言わなかった。また、危険な兆候だと思ったら、その通りで、西山は残っていたコップのコーラを一気に飲むと、油断して背中を向けていたかわちに飛びかかって羽交い締めにした。

「いらんこと言うなよ、おまえはあ。いらんこと思い出させんなあ。なんでそんなこと知ってんねん。その後のことも知っててわざというてるんやろ。あ、おまえ、あの子に聞いたんやな、そうやろ、おまえは女の子の知り合い多いからなあ。わざとやな、わざとや」

「だって、ぼくは……」

大声でまくし立てる西山の下で、手足をばたつかせながらかわちはなにか言おうとしていたけど、ほとんど声を出すことができなかった。ぼくは慌てて西山を引き離しにかかり、坂本も面倒臭そうに立ち上がると西山の下からかわちを引きずり出した。かわちは怖い目にあった仔犬みたいな素早さで部屋の隅に転がっていき、壁際で小さくなっていたけど、西山はまだしつこく怒鳴っていた。

「おまえがそういう態度やったらおれにも考えがあるで。まずは同じ髪型にせえ。おれが切ったる。今から切る。正道、鋏持ってこい」

「なに言うてんねん。今おまえに鋏渡したら、かわちのこと刺しそうで怖いわ」

「そやな」

　さっさと自分の座り位置に戻って次の煙草に火をつけた坂本は、短く相槌を打った。ぼくはなんとか西山を座らせたけど、かわちはまだいちばん離れた部屋の隅でじっとしていた。

「そうや、西山、中途半端に寝たからあかんのやって。今からもっかい寝ろよ。二階にふとん出したるし。寝るのがええわ」

「そうかな」

「そうやって。悲しいことがあったんかもしらへんけど、そんなんだれでもあるもんや。おれだって、ほんまは今日……」

「それは、計測の女の子がどうこうってことか？　違うで、それだけとちゃうんや、問題は。問題は、もっと複雑で本質的なことや。それがあるんや。おれにもいろいろあるんや」

「本質的なことって？」

「いろいろや」

　西山はそう言ったきり黙ってしまい、ペットボトルに少しだけ残っていたコーラを全部コップに注いだ。もう気が抜けているみたいでほとんど泡が立たず、まずそうだった。西山はそれを一口飲んだだけで、「まずい」と言って立ち上がり、ふすまを開けて台所のほうへ行った。かわちはその移動に合わせて壁伝いに動いて、台所とは正反対のテレビの前まで来た。坂本はなにも言わないで左手に本を持って右手でプリングルスをつまんでいたけど、二人の様子をおもしろがっているみたいだった。

　西山はまず冷蔵庫を開けて、めぼしいものがないとわかると、壁際に積んであった段ボールの中を探り始めた。ぼくはどうせ大したものは入っていないし、おとなしくしているならまあいいかと思って、西山をそのままにしてトイレに行くことにした。通りがかりに中を覗き込むと、箱の中には食器と、いっしょに文房具が入れてあった。問題の散髪をした鋏を出すために開けた箱だった。

　トイレから出てくると、そんなに長い時間ではなかったはずなのに、西山の作業はだいぶ進んでいた。閉められたふすまには、底辺が十五センチメートルくらいの直角二等辺三角形がいくつも開けられていた。いちばん右の三角の隣で、西山が定規とカッターでびっくりするようなスピードと正確さで三角形を切り取っていた。

「なにしてんねん。おれ、引っ越したばっかりやぞ」

「三角、好きなんや」

「じゃあ自分ちでやれよ」

「いや、このふすまがいい」

「またあとにしよ、明日の朝がええわ。な」

「そうか」

　西山は意外と素直に定規とカッターを置いてふすまを開けた。坂本はずっと同じところに座って笑っていて、かわちは遠くでじっとしていた。ぼくは、あんまり酒買ってこないほうがよかったなと思っていた。

「じゃあ、電話しろ。真紀ちゃんに」

「電話？」

「そうや。なんでおれがこの髪で、かわちがあれなんか聞いてや」

「そんなん、寝てるやろ、今。それに、真紀ちゃんの電話番号なんか知らんし」

「じゃあ中沢や、中沢に聞け」

「ええやん、そんなん。電話してどうするねん」

「いいからかけろよ。かけて」

西山はまただんだん声が大きくなってきて、テレビの部屋のほうに歩いていくと壁際の充電器の上に置いてあったぼくの携帯電話を取り上げて、勝手にいじり始めた。

「中沢は何番や」

「もう、わかったって。電話するから」

しかたがないので、ぼくは中沢に電話をかけた。六回呼び出し音がして、中沢が出た。

「もう家着いた?」

「まだや。どしたん?」

「いや、なんか、西山がなあ」

と言ったところで、ぼくの横にいた西山が突然、「どうせおれなんかどうでもええんやあ」と叫んで立ち上がり、ぶつぶつ言いながらまた台所のほうに歩いていった。

「なに、西山暴れてるん?」

「そうやねん、なんか実は失恋してたみたいで」

ぼくが言うのを台所からしっかり聞いていた西山は、そんなんと違うわ、もっと複雑なことがいろいろあるんや、と大声で言ってぼくを睨んだ。ぼくは西山のほうに背を向けて、聞こえないように中沢としゃべった。しばらくしゃべっていると、坂本がぼくのほうをつついて、なんかしてるで、と言った。振り向くと、西山はさっきの箱から今度はアロンアルファを見つけ出してきて、洗って流し台においてあったコップをくっつけているみたいだった。ぼくは慌てて電話を切り、台所へ走っていった。

「なにしてんねん」

よく見ると、流しにおいてあったコップは台にアロンアルファで固定されて、その上に同じ形のコップが逆さに口を合わせてくっつけられていた。そういう上下対称の物体が、狭い台所に四対発生していた。そういえば西山って学校で実験するときも何でも器用にすぐ作ってるもんなあ、とぼくは感心してしまった。

「どうするん、これ」

「おれ、シンメトリーって好きなんや」

「シンメトリーか」

さっき切り取ったふすまもよく見ると、三角形が右向き左向きと順序よく同じ高さのところに並んでいた。ぼくは今はどうしようもないと思って、シンメトリーには程遠い西山の髪型と黙って続けられるその作業の続きを眺めていた。明日、はがし液買いに行こうと思った。

　作業が一段落すると、西山は湯沸かし器からお湯を出して丁寧に手を洗い、ぼくに言った。

「さあ、できたし、なんか飲みもん買って来てーや」

「なんかって？」

「酒もないし、コーラとかもなくなったやん。それにおれ、おなか空いたし。なんか食べたい。そうやなあ、ごはんもの」

「おれに買ってこいって言うてんの？」

「だって、場所わからんやん、正道しか」

「そらそうやけど」

「おれもなんか食べたい。あと、ウーロン茶」

　相変わらず煙草を片手にぼくの本を次々出してきては見ている坂本が、隣の部屋から口を挟んだ。

「じゃあ、ぼく、いっしょに行きます」

残っているとまたいじめられると思ったのか、いちばん遠くにいるかわちがすかさず言った。

「あかん。かわちはここにおって、おれとゆっくり話をするんや。それに、正道は自転車で行くやん。荷台なかったし、行くんやったら走っていけ」

「勝手に決めるなって。だいたい、西山置いていったらまたシンメトリーなもの発生させられるやん。かわちのこといじめるし」

「なんもせえへんて。約束するわ。そうや、また二階でゲームの続きしとくし。絶対、大丈夫やって。ええ子にしてる」

　西山の笑顔は信用できなかったし、まだ隅で小さくなっているかわちも心配だった。ぼくは三人の顔を順番に見た。

「頼むわ。なんか食いたい。もう、おれが奢るし」

「正道、西山はおれが見張っとくから大丈夫やって。だから、ウーロン茶な」

「ぼく、走っていきます」

　それで結局、ぼくは真夜中の道を一人で自転車に乗って走っている。三回角を曲がって大きな道に出るまでに、犬を連れたおっさんと、学生風の男の三人組とすれ違った。真っ暗で、静かなのに、うろうろしてる人はおるんやなと思った。

叡山電鉄の出町柳駅の前を通った。改札は閉じられて殺風景なのに蛍光灯だけが煌々と輝いて、自動販売機の前で人待ち顔に座り込んでいる金髪の中学生ぐらいの女の子を照らしていた。高校のとき夏休みに何人かで遊びに来たときにこの駅を通ったことがあるけど、あのときの明るい緑に包まれていた駅と同じ駅には思えなかった。すぐ前にある京阪電車の地下への入口は、鉄格子の扉が閉められ電気も消えていた。

信号無視して道路を横切り、橋を渡った。鴨川がちょうど二股に分かれている、というよりも正しくは賀茂川と高野川が合流して鴨川になるところ。そこは二つの川に挟まれた公園になっているV字形の半島部分で、V字の先端から亀の形をした飛び石が西の岸と東の岸に向かって延びていた。その夏に最高の気温を記録した日なんかに、子供がここで水遊びをしている場面が必ずニュースで流される場所で、昨日の昼間にこの橋を通ってその亀を見たときには、京都に来たんやなあ、と思った。だけど今は真夜中だから暗くて、それに昼まで降っていた雨で水かさが増えていたので、亀はどこにいるのか見えなかった。

まっすぐな道で人も車も見当たらなかったので、スピードを上げた。川から冷たい空気が上ってきて、その辺りは周りより気温が低く感じられた。橋を渡ったところの半島の部分には木がたくさん生えていて街灯を遮り、いっそう暗かった。そこから次の橋にかかる辺りで、また一人とすれ違った。ぼくと同じくらいの年の男で、寒いのに下駄履きだった。からんからんと高らかに音を鳴らして、気持ちよさそうにゆっくりと歩いていた。ぼくはまた、京都って感じするなあと思いながら、通り過ぎようとした。

「まさみちー」

通り過ぎた男が、後ろから呼びかけた。ぼくは自転車を停めて、振り返った。向こうも、同じような振り返った姿勢だった。

「やっぱりそうや。正道や」

静かなので、少し離れているけど声はよく響いた。男は、下駄を鳴らして走ってきた。歩いているときとは違う少し速いリズムだった。

「なにしてるん、こんなとこで」

車が一台通り過ぎて、そいつの顔をヘッドライトで照らした。高校のとき同じクラスにいたやつだった。

「あー、おまえか。びっくりするやん、こんなとこで声かけられたら」

おまえか、と言ってみたものの名前がぜんぜん思い出せなかった。そいつはにこにこした顔で、ぼくの横に立った。手ぶらで、下駄だけじゃなく全体的に薄着だった。

「おれもびっくりしたっちゅうねん。なにしてるん」

「昨日、引っ越してきたんや。ここを東にまっすぐ行って、ちょっと奥のほう」

「そうなん。なに？　就職？」

「いや、大学院」

「やるなあ。ちゃんと勉強してるんや」

「おまえこそ、なにしてるん？」

「一応大学生。五年、あー、もう六年生か。ほとんど行ってないけど」

「そうなんや。ずっと京都に住んでるんや」

「そうやなあ。このまま、ずっといてしまいそうやなあ、きっかけがないと」

「ふーん。ほんで、学校行かんとなにしてんの？」

「そう言われるとなにって感じでもないけど。なに。なにかなあ。一言で言うと、中途半端な感じやね」

　彼はかなり年季の入ったジーンズのポケットに手を突っ込んで、首をひねりながら言った。ぼくは、まだ名前が思い出せなかった。

「今、引っ越し祝いの飲み会してるねんけど、おまえも来えへん？　これから酒とか買いに行くし」

「そうなんや。でも、おれ今から彼女のところに行かなあかんねん。もうだいぶ遅なってるから、怒られるわ」

「かわいい？」

「そら、かわいいで。だから、また今度行くわ。そや、電話教えてよ」

彼はポケットから携帯電話を出してきた。暗いのでよくわからないけど、いびつな形だった。

「なんなん、それ」

「ああ、これなあ、友達と燃やし合いして、いつまで使えるか勝負したんや。おれが勝ったから、今こうして使えるねんけどな」

溶けかけの電話はちゃんと機能しているらしく、操作すると文字盤が光ってピッ、ピッと音も鳴った。ぼくは、携帯と家の電話を教えた。

「その家のほうの電話、まだ使ったことないねん」

「そうなん。じゃあ、おれが一番乗りしたるわ」

ぼくは自分の携帯を出し彼の番号を登録しようとして、困った。仕方がないので、聞くことにした。

「名前、なんやったっけ」

「山田や。こんな単純な名前、忘れとったんか」

「単純すぎて、わからんかった」

それで、ぼくは山田と別れ、酒屋へ向かった。

酒屋で缶ビールを買い、途中のコンビニエンスストアで食べ物を買った。そしてまた鴨川が合流するところの、橋にさしかかった。ぼくは何となくいい気分で、スピードを出していた。さっき、山田と会った辺りに来たとき、前輪が水溜まりに取られて滑った。慌てて体勢を戻そうとしたのだけど、不意を突かれたからか焦ってしまい、今度は、歩道と道路の段差のところにちょうどタイヤがはまった。ぼくは冷や汗が出るのを感じながら、なんとか体をかばおうと考えてるうちに道路に転がっていた。地面が近づいてくるのはゆっくりだと思ったのに、よけることはできなかった。

ぼくは右の掌と右の頬を擦りむいて、しばらく地面に仰向けになって茫然としていた。左側で、自転車の車輪がきりきり音を立てて空回りしていた。車も人も来なかったので、ぼくはそのまま空を見ていた。紺色の空には、さっきよりも星がたくさん見えた。顔と手が、ひりひりと痛んだ。背中が冷たかった。

頭の上の、橋を渡ったところの道路を、車が二台続けて通った。ぼくは起き上がって、自転車のところへ歩いていった。ぼくが飛んでいったのに、なぜか買い物した袋は前かごに収まったままだった。中身を確かめると、ビールの缶が凹んでいるぐらいで、あとは大した被害はなさそうだった。ぼくはまだショックから立ち直れずに、自転車のそばにぼんやりと立っていた。

川の流れる音が、急にはっきりと聞こえた。欄干から下を覗き込むと、さっきは見えなかった亀の飛び石が、黒い背中を水面から出しているのに気づいた。ぼくは、ちょっと後戻りして、歩道の端に自転車を停め、木の間から河原に下りた。

昼まで降っていた雨で地面は湿っていて、生えている草から露が伝って足を濡らした。ぼくは左手に買い物した袋を持って木々の間を抜けて斜面をゆっくり下り、ずっと歩いていって半島のちょうどへさきの、水面から一段上がったところにある敷石に腰を下ろした。川の流れは速く、水の流れる音が辺りに充満していて気持ちよかった。空気全体が振動しているみたいだった。

ぼくは凹んだ缶ビールを一本出してきて、飲もうと思ったけど、さっき転んだのできっと栓を開けると噴き出すだろうと思い直して、手元に置いておいた。合流する地点で、水の流れが不規則になっているところを眺めながら、家に残っている三人はどうなったかな、と思った。西山があれ以上物を壊してなければいいけど。右手を見ると、うっすら血が滲んでいた。

風に吹かれて、ちょっと寒いと思い始めたころ、電話が鳴った。ぼくはウインドブレーカーのポケットから電話を出した。蛍光の黄緑色に光るディスプレイには、今晩引っ越し飲み会に誘ったけど来なかった人の名前が出ていた。

「もしもし」

「こんばんは。まだ起きてた？」

「うん。酒買いに行かされてるとこ。まだ起きてたんや」

「そう。レポートやってた」

「たいへんやなあ」

「京都はどう？」

「まだどうってこともないわ。昨日来たばっかりやし」

「ふうん」

彼女はそこで、しばらく黙った。テレビかなにかの音が、小さく聞こえた。

「今、鴨川の河原に座ってるから、京都やなって気もするけど」

「河原でなにしてんの？」

「なにっていうこともないけど。ただ座ってる」

「ふうん」

彼女はまた同じように言って黙った。テレビらしい音は急に聞こえなくなったので、消したのかなと思った。でも、ただ静かな場面になっただけかもしれない。

「鴨川って、淀川とつながってるんやろ」

「そうやったっけ」

「たぶん。じゃあ、そこから船でわたしの家まで来れるんかな」

「家、どこやったっけ」

「淀川の、河口のほう。今も窓から見えてるわ」

「行けるんちゃうかな。前、テレビで実験してるの見たことある」

ぼくは目の前の川を見た。そう言われてみると、この水面は動いていて、山のほうから来て海のほうへ行く途中なんやなあと思った。

「じゃあ、行こうかなあ。ボートかなんかで、そこまで」

「なんで」

「そう言われると、困るけど」

「べつに、いいけど。流れに乗って下るだけやから、そんなにたいへんじゃなさそうやし」

彼女は、人のやる気を挫く言い方をする。悪気はないと思う。

「上るのは、たいへんかなあ。でも、電車に乗ったらすぐ来れるで。座ってるだけやし。遊びに来れば」

「遠慮しとくわ」

今日も来なかったし、今日だけじゃなくいつもあっさり断られるので、この返事には慣れていた。落ち込まないわけじゃないけど。

「いいとこやで、京都は」

「さっきはあんまりよくわからんとか言うてたやん」

「よくはわからんけど、なんとなく。鴨川も、なんかええ感じやで」

「なんかって？」

「うまく言われへんけど」

「楽しそう」

「そう？」

「羨ましい」

「じゃあ、来れば？」

「いいわ、それは。レポートやらんでいいからええなと思っただけ」

「まだ終わってないんや」

「代わりにやってよ」

「ええよ。持ってきたら」

「じゃあ、いいわ」

それから、しばらくしゃべったけど、同じことを繰り返している感じがした。ぼくは片手で、置いてあったビールを開けた。結構時間が経っていたけど、やっぱり少し泡が噴き出た。ビールが掌のほうへ流れ、傷に染みて痛かった。

「レポートの続きするわ。明日持っていかなあかんねん」

「そうなん。じゃあ、また。そのうち遊びに来てよ」

「考えとくわ」

「そのうち、近いうち」

「わからへん。じゃあね」

「じゃあ、また」

と、ぼくが言うと、少しの間も置かないで電話は切れた。ぼくはビールを一口飲んで、考えとくわと言ってたし、まあええかと思うことにした。

ビールを飲みながら、周りの景色を眺めた。目の前にある、一本になった鴨川にかかっている大きな橋の上を、ときどき歩いている人や自転車に乗った人や車が通った。思い出したように頬の傷が痛みだしたので、右手で触ってみると指に血がついた。

暗い中で目を凝らして指についた血と掌で固まっている血を見比べてると、電話が鳴った。ディスプレイには名前はなくて京都らしい電話番号が並んでいた。どこやろうと一瞬考えたら、ぼくの家からだった。出てみると、西山の声がした。

「おい、正道、なにしてんねん。どこまで買い物に行ってるんや。しかも長電話してるし」

「ああ、ごめん。ちょっと休憩してた」

「早よ帰ってこい。蟹食べに行くで」

「かに？」

「そうや、蟹や。日本海の蟹。うまいでえ」

「なに言うてるねん。どこにそんなんあんねん」

「城崎や。今から行くから早よ帰ってこいって。置いていくで」

「どうやって行くねん」

「車に決まってるやん。山田が連れていってくれるって」

「山田？　なんでお前が山田と」

「なんか知らんけど電話かかってきて、しゃべってるうちに話がまとまったんや。ええやつやな、山田って。親戚が民宿やってるから安く食べさしてくれるって」

「なんで今から……」

「ええやんけ。食いたないんか。ええで、べつに。置いていくし」

「わかった、わかった。帰るから」

「早よせえよ」

ぼくは電話を切ると、立ち上がって砂を払った。ズボンは夜露に濡れて湿っていた。ふと、周りを見ると、さっきまで夜だったのに、朝が来ていた。さっきまで見えなかった雲が、はっきりとわかる影になり、東のほうの空はほんの少し青い色が混ざっていた。それに、鳥が鳴き出した。もう、夜じゃなかった。ぼくは川に向かって大きく伸びをした。川面も、少しきらきらしていた。目の前の橋を行く車の影も、ずっとはっきりと見えた。

残りのビールを飲み干して、朝は、無条件に爽やかな感じだと思った。

土手を上り、ぼくは自転車に乗って家に向かった。明けてくる空のほうへ向かって走っていくのはとてもいい気分だった。

家に着くと、もう山田が来たらしく、見覚えのない赤い旧型のファミリアが停まっていた。玄関を入ると、たぶん山田の彼女らしい知らない女の子が立っていた。

「こんばんは」

「おはよう」

ショートヘアで結構かわいいその女の子は一瞬きょとんとして、それから、ああ、もう朝が来たんや、と言った。

西山が部屋から出てきた。

「さっさと用意せえよ。もう出るで。なんや、その顔」

「ああ、ちょっとこけた。もう出るって、こんなにおったら車に乗られへんのんちゃうん？」

「かわちは始発で帰るって。なんか、女のとこに行くらしいわ」

その言い方に棘はなかったので、西山はもう正気に戻っているみたいだった。西山の後ろから顔を出したかわちも、よくわからないけどにこにこしていた。ぼくのいない間に、わかり合えたのかもしれない。

後部座席に男三人が座ると、窮屈な感じだった。ぼくは後部座席の左端に座り、前の座席で楽しそうに言葉を交わす山田とその彼女を少し羨ましく思った。隣では西山と坂本が、ぼくの買ってきた凹んだ缶ビールを早速飲み始めていた。車がゆっくりと発進し、振り向くと、かわちがぼくの家の前で手を振っていた。似たような小さくて古い家に囲まれた、遠くなっていくその家を見ながら、なんとなく、あれがぼくの家なんやと実感した。

空は太陽が昇る前の朝の色で、深くて気持ちのいい青だった。ぼくは窓にもたれ、靄でぼやけているような町並みを眺めていた。ぼくは、蟹を食べに行く途中。

きょうのできごとのつづきのできごと

A面・けいとと真紀のできごと

正道くんの家を出るとき、その人はどうでもいいようなことをわざわざ言いに来た。

「ビール買うてきて」

わたしは、上がり框（がまち）に座ってちまちまと靴紐を編み上げている途中だった。靴紐の鬱陶しいブーツを履いてきて後悔していた。

「だから、ビール買いに行くねんけど」

「あー、じゃあ、さきいかも」

彼は、廊下にぼさっと突っ立って、靴紐を引っぱるわたしの手元を見た。彼はすらっとしてるというよりもぬぼっとしてるという感じで背が高く、その体のせいで影ができて明るくない玄関がますます暗くなったので余計にいらついた。

「さきいかは、中沢に言われてる」

「あ、ほんま。じゃあ、お願いします」

笑わないでわたしの顔をじっと見て、彼はほんのちょっとだけ頭を下げた。

「もう、けいと、まだあ？」

玄関の戸を勢いよく開けて、真紀ちゃんが顔を出した。そして、彼と目が合って無意味に愛想笑いをした。

「さ、行こ行こ」

わたしは反動をつけて立ち上がって、振り向かないで玄関を出た。外は静かだった。

「寒っ。一気に酔いが醒めるわ」

両側に並ぶ家の明かりはもう消えているところがほとんどで、わたしの声は狭い道を囲むような壁に反射してよく響いた。

「ほんま。寒すぎ。けいとのコートぬくそうやなあ」

真紀ちゃんはわたしの買ったばっかりのヒョウ柄のフェイクファーのコートの裾をめくった。真紀ちゃんはそんなに飲んでいなかったけれど、いい気分みたいだった。

「そうやろ。勢いで買うてもうた。会社の帰り道にある店で。こないだ仕事でめっちゃむかついてて、ほら、いつも言うてるやん、あの経理部のおっさんにまた嫌味言われてさ、こんな気分で家帰るのいやや、と思ってうろうろしてるときに発見した」

「あはは。やけ買いなんや」

「でも、いい買い物やった。お買い得」

　わたしは冷たくなってきた手をコートのポケットに入れた。コートはアクリルだけどふさふさして暖かくてうれしかった。広い道に出ると、車はまだ結構通っていてうるさかった。真紀ちゃんは車止めのブロックの上を歩いた。

「なんか、けいとの会社の愚痴も板についてきたなあ」

「ええー、勘弁してよ。そんなんうれしくないわ。真紀ちゃんはどうなん？　仕事」

　わたしが聞くと、真紀ちゃんは少し困ったように、うーん、としばらく考えてから、笑って、

「わたしは、まあまあっていうか」

　と、言いかけた。そのとき、わたしのコートのポケットから、携帯電話の着信音が鳴り響いた。ディスプレイを見ると、中沢だった。

「なんやろ？　どうせまたなんか買うてこいって追加やろ。……もしもし？　なによ？」

「あ、おれ。安藤ですけど」

　予想外の声に戸惑って、電話を切りそうになった。わたしの表情が固まったので、真紀ちゃんが、どしたん？　と顔を覗き込んだ。

「あの、ピスタチオも買うてきてくれへんかな」

「は？」

　車が流れる音がうるさくてよく聞こえなかったたし、聞こえた音声を頭の中で繰り返しても状況がつかめなかった。

「ピスタチオ。食べるやつ。豆みたいなん」

　愛想ない口調で、彼はピスタチオの解説をしはじめた。

「それは知ってるけど」

「じゃあ、それお願いします」

「はい」

　電話は切れてしまった。切れる直前に、電話の向こうで笑い声が聞こえて、中沢だと思った。わたしは着信記録で中沢という名前をもう一度確かめてから、ポケットに電話を戻した。

「なんなん、あの人。ピスタチオって、いっぺんに言えばいいのに」

「中沢くんちゃうかったん？　あ、もしかして、さっき玄関におった人？」

　押しボタン式信号のボタンを押しながら真紀ちゃんが聞いた。真紀ちゃんは今日は油断して厚着をしてこなかったので、中沢に借りた長いマフラーを首の回りにぐるぐる巻きにしていた。

「そうやねん。さきいかとかピスタチオとかちょっとずつ……。なんなんやろ」

　真紀ちゃんはわたしの顔をじっと見た。

「正道くんの近所の人やったやんな。なんていう名前やったっけ？」

「真紀ちゃん、ほんま名前覚えへんなあ。安藤やん。安藤」

「ああ、そうそう、安藤くん」

　ほんとうにわかっているのかわからない調子で真紀ちゃんが言った。わたしはやっぱり真紀ちゃんは酔っているのかもしれないと思っていると、にやっと笑ってこっちを見た。

「安藤くんさ、けいとが好きなんちゃう？」

「えっ」

　そう言うのに合わせて信号が青になった。わたしは先に早足で信号を渡り始めた。

「やめてよ。今日、会うたばっかりやん。頼み事してるくせに無愛想やし。そんなわけないやん」

「そうかなあ？　けいととしゃべりたいから、ちょこちょこ言うてきてるんちゃうん」

「やめてって」

　真紀ちゃんは追いかけるみたいにわたしについてきて、冷やかした。

「ぜったい、そうやって。安藤くん、中沢くんらには言うてんねんで。そんなん聞いたら、喜んで電話貸したりしそうやもん、中沢くん」

「喜んで、じゃなくて、おもしろがって、やろ」

「けいとはどうなん？　安藤くん、どう？」

横断歩道を渡って左に曲がって、一つ目を右に曲がって一方通行の道に入るとまた静かになった。どこの家の窓からか、テレビの音が小さく聞こえてきた。

「あんな人、ぜんぜんタイプちゃうやん。わたしは男前が好きやの。そんなん、真紀ちゃんよう知ってるやん」

寝静まっている町に遠慮して、わたしは声を落として抗議した。だけど、興奮は抑えきれなかった。

「ぼさっとしてるし、感じ悪いし、変な買いもん頼むし」

「そう？　そんな感じ悪くないやん。結構、男っぽいような気がするけど」

「ええ？　どこが？」

「ちゃんと正道くんの手伝いとかしてたしさ。しょうもないこと言うてはしゃいでる男の子より、ああいう男気がありそうな人のほうが、けいとに合ってるんちゃう？」

「男気ぃ？」

やっぱり大きな声を出してしまって、響いた自分の声が恥ずかしかった。ちょうど角を曲がってきた自転車に乗った学生風の男の子が、わたしたちをじろじろ見ながら通り過ぎた。

「男気って、ええように言い過ぎやわ。単にあんまりしゃべらんだけやん。なんか、怒ってるみたいな顔してるし」

「わたしは、けいとが言うほど愛想悪くも思わへんけど。けいとには意識して緊張してるんちゃうかな」

「そんなことない」

わたしは精一杯否定した。安藤は、背が高いこと以外はほんとうに好きな条件に一つも当てはまっていない。背が高いのだって、あんな邪魔に思えるような圧迫感はいやだった。

「中沢くんに電話して聞いてみよか？」

真紀ちゃんはもう携帯を握っていた。

「いらんことせんといて。わたしはいやなんやから、安藤は」

携帯ごと真紀ちゃんの手を真紀ちゃんのニットコートのポケットに突っ込んだ。真紀ちゃんはずっと笑ったままだった。

「けいと、自分が気に入った男の子にはひたすら飛び込んでいくのに、男の子のほうから言い寄ってこられるのは苦手やんな」

「えっ」

「前もさあ、なんていう名前やったっけ？　国文科の人。ずっと、けいとのこといいって言うてたのに、けいとめっちゃ避けてたやん」

「だって、好きじゃなかったもん」

「そんなん、よさそうな人やったし、普通にしてればいいのに、学食でお昼食べるんもいやがってたし、ろくにしゃべってもなかったやろ」

「好きじゃないもんは好きじゃない」

「そういう身も蓋もないこと言う……」

　真紀ちゃんは口を尖らせて、マフラーに顔を埋めた。こういうとき、真紀ちゃんはほんとうにかわいいなあと思う。中沢に、もっと感謝してもらってもいいんちゃうかと思う。

　冷たい風が頬にあたって、ちくちくした。曇っているので、空には星は見えなくて、ぼんやりと白っぽい光に覆われていた。

「だってさあ」

わたしの声に、真紀ちゃんは首を傾げてわたしを見た。

「だって、なんか怖いねんもん」

「なにが」

「好きじゃない人が自分のこと気に入ってるっていうのもなんか気持ち悪い。それに、好きじゃないって思ってる人でも、いっしょにおるうちにちょっと好きになるかもしれへんやん？」

　真紀ちゃんは黙っていた。

「めっちゃ好きな人にはわたしを好きになってほしいけど……。なんていうか、今、好きじゃないのに、いっしょにおって好きになるかもしれへんのって、なんか怖い」

「怖い。……怖い？」

　わたしはなんとなく真紀ちゃんと目を合わせづらく、真紀ちゃんは真紀ちゃんでわたしが言ったことについて考え込んでいるみたいだった。夜の道が静かすぎて沈黙が続くのがいやなので、話した。

「自分の気持ちがわからへんようになるっていうか、今思ってることとだんだん違う方向に行ってしまうのが、うーん、不安、っていうか。自分の気持ちが、そのときにはよくわかれへんのかもしれへん。あとから考えたら、あ、国文の人って吉野くんな、吉野くんにもあんなに冷たくせんでもよかったなって思うし、逆にかっこいいと思ったからってあんなに突進せえへんかったらよかったと思うこともあるけど、そのときは、好きやったら好き、いやなもんはいや、これからもずっとそう、って思ってしまう」

自分でも言っていることがほんとうに自分の気持ちなのかよくわからなかった。ただ、ものすごく好きだと思っている人以外から、それが単に軽くごはんを食べましょうっていうことでも、誘われたりするのがとても苦手だということは、真紀ちゃんに指摘されなくてもわかっていた。

信号の向こうに、やっとコンビニエンスストアの看板が見えた。そこだけオレンジと白の光で明るかった。

「わからんこともないけど」

真紀ちゃんがようやく言葉を返した。

「でも、そんなに構えんと、普通に接したらいいんちゃうかな。めっちゃ好きな人にも、そうじゃない人にも」

そして、わたしと目を合わせてにっこり笑い、子供に聞くみたいに言った。

「それで、そのうちに好きになったら、それはけいとの気持ちやろ?」

「そうかな?」

「たぶん。それにさ、仲良くしといて損はないっていうか、もしかしたらその人の友だちにすごい男前がおるかもしれへんやん。わたしだって、けいとと友だちになったから中沢くんに会えたんやし」

「……うん」

真紀ちゃんの言っていることに納得したわけではなかったけれど、これ以上説明しても自分の気持ちもうまく伝えられない気がしたし、安藤の友だちに男前がいるんだったらそれを逃すのはもったいないかとも思ったし、そして全体的には、真紀ちゃんのわたしに対する分析は間違っていなかったので頷いた。

「今、話聞いてて思ってんけど、けいと、安藤くんのことそんなにいやがるっていうのは、好きになるかもしれへんって思ってるってことちゃうの?」

「もう、なんでそうなるん? ただ単に、感じ悪いの、あの人は。真紀ちゃんこそ、なんでそんなに安藤を薦めるんよ」

「だって、わたしにはそんなに悪い人に見えへんもん。見ようによっては男前と思うし。中沢くんも、いいと思ってるから携帯貸したんやで」

「また真紀ちゃんは、中沢、中沢や」

「だって、ラブラブやもん」

「知ってます」

道路の向こう側から赤信号を無視して、コンビニを出てきたらしい小柄で髪の長い女の子が走ってきた。黒いキャップを目深にかぶって、妙にもこもこしたダウンジャケットを着込み、前をよく見ていないからわたしたちのほうに突っ込んできた。

「わっ。なに?」

真紀ちゃんは肩にぶつかられてびっくりしていたけれど、女の子は振り向きもせず、角に停めてあった自転車に飛び乗ると、あっという間に暗い路地へ走り去っていった。

「どしたんやろ?」

歩き出そうとして、足下に小さな箱のようなものが落ちているのに気がついた。屈んで拾ってみると、マカダミアナッツチョコレートが十二粒入った箱だった。

前を見ると、コンビニの自動ドアから店員の男の人が出てきて、周りを見回し始めた。わたしたちに気づいて目を留めたけれど、関係ないとわかったらしく、ドア越しにたぶん店の中にいる店員になにか言うと、もう一度店の周りをぐるっと見回してから店内に戻っていった。

「万引きちゃう?」

わたしは、マカダミアナッツの箱を真紀ちゃんの顔の前で振ってみせ、それからポケットに入れた。こんなところに入れていると疑われるかもしれないと少しだけ思ったけれど、なぜか見つからない自信があった。単にお酒のせいで判断力が低下しているのかもしれないけれど。

「万引きかあ。かわいい感じの子やったのに」

「大変やね、コンビニも」

そんなことを言いながら、きちんと青信号で横断歩道を渡り、コンビニに辿り着いたと思った瞬間、後ろから自転車の急ブレーキの音がして、振り向きかけるとわたしたちの前に自転車が滑り込むようにして停まった。安藤だった。

彼は、肩で息をしながら、呆然としているわたしをしばらく見た。それから、言った。

「あの、おれ、また戻ってくるから。ほんで、さきいかとピスタチオ食べるから、置いといて」

なんでこの人はこんな時にも笑わへんのやろ、と思った。そして、寒いのにコートも着ないでセーターのままなのが気になって仕方なかった。安藤は前輪の方向を変え、

「食べんといてな」

と言い残すと、そのままじっすぐ走っていった。

隣で、真紀ちゃんが笑い出した。

「いいやん、けいと。あの人、おもしろいで」

「どこがよ。ただの変な人やんか」

わたしは大笑いしている真紀ちゃんを引っぱって、コンビニに入った。ようやく辿り着いたコンビニは、暖かくておでんのにおいが充満していた。

「安藤くん、けいとがかなり好きみたいやん。わたしのことなんかちらっとも見いへんかったで」

「わたしに買い物頼んでるからやろ。ピスタチオが心配なだけ」

「そんなわけないやん」

ずっと笑い続ける真紀ちゃんと、広めの店内を三周して、籠いっぱいにビールとお菓子を入れた。真紀ちゃんがポテトチップスのなに味を買うか迷っている間、わたしは雑誌をぱらぱらめくっていた。隣にわたしより少し年上に見える女の人が二人いて、ファッション雑誌を広げて指差しながらしゃべっていた。

「ちゃんと紹介されてるやん。映画化、来春公開。期待の新鋭作家やって」

「なんか、わたしとちゃうみたいじゃない？　その写真」

「そう？　べつにそんなことないよ。それにしても、ロケ、いつまで続くんかなあ」

「うん。寒くて死にそうやんな」

　わたしは横目で、隣に立っている背の低い女の人の顔と雑誌に写っている写真を見比べようとしたけれど、よく見えなかった。女の人が雑誌を閉じてラックに戻したところで、真紀ちゃんがわたしを呼んだ。

　真紀ちゃんと二人でアイスクリームのガラスケースの前に立ってどれにしようか迷っていると、真紀ちゃんが左を向いて窓の外に向かって手を振った。わたしも顔を上げてその方向を見ると、ラックに並ぶ雑誌の向こうで、中沢が自転車を停めながらなにか言っていた。真紀ちゃんは頷いていたけれど、わたしには中沢がなにを言っているかわからなかった。

「すぐ近くで、映画の撮影かなんかやってるらしいねん。見に行こうや」

　そう言いながら、真紀ちゃんにマフラーを貸しているので肩を寒そうにすくめた中沢は、わたしの手から籠を取った。

「あ、さっき……」

　わたしは雑誌を見ていた女の人のことを思い出してラックのほうを見たけれど、もういなかった。

「さっきも、そんな話してる人がおったわ。なんの映画？　だれか、有名人おる？」

「それはわからんねんけど、すぐそこの鴨川の橋のとこやって」

　真紀ちゃんと中沢は二人で籠をレジに持っていき、店員がバーコードを読みとるのをうきうきしながら待っていた。二人の店員が手際よく連携プレーで商品の計算をして白いビニール袋に詰めるのを、わたしは、真紀ちゃんと中沢の背中越しに見ていた。籠に最後に残った缶ビールを店員が手に取ったとき、わたしは言った。

「ちょっと待って」

　中沢と真紀ちゃんが振り向いてこっちを見ているのを感じながら、店の奥の棚まで走っていってすぐ戻ってきた。

「これもお願いします」

　わたしが差し出したさきいかの袋を、無精髭を生やした店員の男の人は愛想よく受け取って精算し、合計金額を告げた。真紀ちゃんにも中沢にも笑われるってわかっていたけれど、それでよかった。

「親切やなあ、けいと」

「だって、どうせ中沢がさきいか食べるから、なくなるやん。もう一つ買うとかな、文句言われるし」

「安藤、一時間ぐらいで帰ってくるって」

「あ、そう」

　中沢がビールの入った重い袋を持ち、わたしは空気でふくらんだスナック菓子の袋が入った軽い袋を持った。外に出ると、やっぱり寒かった。コートの襟元から冷たい風が滑り込んできて、わたしは一度身震いをした。

「わあ、すごい。ライトめっちゃ点いてる」

　角を曲がってすぐ、真紀ちゃんが指差した鴨川の橋のあたりは、白い大きなライトがいくつか立てられて、ナイターの球場みたいに明るかった。

「ほんまや。すっげー。結構大がかりな撮影ちゃうん？」

　中沢は興奮して早足になり、ちょっと先に行くわと言って走りかけた。

「そんなに慌てたらこけるで」

　わたしがその背中に声をかけると、中沢は振り向いて言った。

「安藤が、けいとのことかわいいって」

　それでわたしの反応を確かめもしないで、そのまま走っていった。隣で真紀ちゃんが幸せそうに笑いながら聞いた。

「どうする？　けいと」

わたしは自分がぶら下げている袋の中のさきいかとピスタチオを見た。そして、わたしが安藤について知っていることは、彼がさきいかとピスタチオを食べたいっていうことだけやと思った。

「どうもせえへん」

ポケットからさっき拾ったマカダミアナッツチョコレートの箱を出してきて、真紀ちゃんに渡した。真紀ちゃんは箱を開けて一つを自分の口に入れ、寒くて溶けないチョコレートをごりごり音をたてて嚙み砕きながら言った。

「そうやな」

「そうやろ」

橋のほうから、三人組の大学生っぽい女の子たちが歩いてきて、すれ違うときに、やっぱり本物は違うね、かっこよかったね、かわいかったね、とか言うのが聞こえた。真紀ちゃんの靴の踵の音が、なにかの歌の始まりのように響く。

京都の夜は寒くて冷たくて、今日も楽しくなりそうだった。

B面・映画の撮影現場を見に行った小説家のできごと

行定さんの、カット、という声が響いて、ようやくその場所全体を摑んでいた緊張が緩んだ。音を立てないように呼吸さえも飲み込むようにして、何十人もの人がただ一つの場所に気持ちを集中させていると、五分間は途方もなく長い時間に思える。

わたしが何年か前に書いた、飲み会に集まった大学生たちのなんでもない一日の話を、行定さんが映画にすることになった。そしてその映画の撮影をわたしは今、見に来ている。撮影されているのは行定さんが作る映画で、わたしが考えた話を、人が実際に演じて、それを映画として撮影するという、フィクションなのかノンフィクションなのかわからない状況に、この何日か自分で希望して立ち会っている。

ヘッドフォンを頭から外すと、密閉された部屋から急に外に出たように、周りの空気が広がっていろんな音が耳に飛び込んできた。停めていた車が一斉に走り出して、複数の方向から低いエンジンの唸りが聞こえる。その音も周りの人たちの話し声も、音声をモニターするヘッドフォンから聞くのとは全然違う。囁かれるように役者さんの声が聞こえていた耳の感触を思い出し、さっきまでは映画の中の世界にいるようだったと感じた。

「ありがとうございます」

ヘッドフォンを録音の伊藤さんに返すと、伊藤さんは、そこに掛けといてくださぃ、と録音機材が一式セットされた移動式のラックのようなものの縁を指した。

「これで音聞いてから、撮影現場じゃなくても車の音とかめっちゃ気になるようになりましたよ」

別の日にいっしょに撮影を見に来た映画好きの友だちは、このコンパクトに組み上げられた録音機材と伊藤さんが職人という感じでかっこいい、と何度も言っていた。マイクロフォンから聞こえてくるノイズをチェックしながら、伊藤さんが答えた。

「それは初期症状ですね。慣れると逆に普段は全然気にしなくなりますよ」

「そうなんですか。飛行機の音でもあんなに聞こえるんや、ってびっくりしました」

「ねえ。ほんと大変ですよ」

映画の撮影に使う録音機材は遠くのほんの小さな音でも拾う。いつもなら自動車の音ぐらいしか聞こえないと思っている夜の道でも、犬の遠吠えや川の流れる音や雲の上の航空機の轟音、普通には聞くことのできないどこかのサイレンも、背景に小さく、だけど確実に聞こえてくる。望遠鏡を通さない裸眼で見ることを「肉眼で」という言い方をするけれど、耳の場合はなんて言うんやろうと思いながら、わたしはモニターの後ろを離れ、植え込みの陰でお茶の缶を握りしめて震えている美加ちゃんのところへ戻った。カメラ位置を変えるらしく、スタッフの人たちはまた忙しく、行ったり来たり動き回っていた。全部で何人いるのか正確には知らなかったけれど、数えられるだけでも四十人近くいて、その人たちがみんな一つの目的のために自分の仕事をわかって動いているっていうことに、わたしはどうしても感心してしまう。

「どうやった？　せりふ聞こえた」

震えながら美加ちゃんが聞く。十二時を過ぎてから、また一段と空気が冷たくなってきた。

「聞こえた。いい感じやったよ。自分が書いたのはこんな場面やったんや、って感動してた」

わたしは、植え込みの陰に置いていた鞄からさっき美加ちゃんが買ってきてくれたマカダミアナッツチョコレートの箱を出してきて、美加ちゃんに一粒渡して、自分の口にも一粒入れた。チョコレートは冷え切っていて、口に入れても少しも溶けなくて、唾液の味ばかりがした。

「でもやっぱり、なんていうか、自分が考えたことを人がしゃべってるのは変な感じ。

しかも、テレビとかで今までめっちゃ見てた人やし」

「うんうん、すごいよねえ。わたしなんかが、どこでどうつながってこんなすごい場所にいるんやろって思うわ」

「わたしも思う」

チョコレートをがりがり嚙んで飲み込み、もう一つを口に入れた。よく山で遭難して鞄に残っていたチョコレートで飢えをしのいでというような話を聞くけれど、たぶんそういうときのチョコレートは溶けなくて全然味がしないだろうと思った。美加ちゃんは溶けないチョコレートを口の中で転がし続けていて頰がふくらんでいた。

「原作者は当然やん」

「そんな感じじゃない。なんでこんなことになってるんやろ、って美加ちゃんの何十倍も思ってるで」

「そんなもんかな。まあ、なんでも縁やからねえ。なにがどうつながってるかわからないもんですな」

ほんとうに。わたしは、来月自分がなにをしているかわからない状態が長く続いていた。

撮影中のシーンに出演する田中麗奈さんと伊藤歩さんと妻夫木聡さんが、衣装の上に膝下まであるダウンやベンチコートを引っかけて、橋の向こうからこっちへ戻ってくるのが植え込みの木の隙間から見えた。何分か前に、ヘッドフォンを通して聞こえていた声が耳元で蘇ってくる。スタートの声がかかる直前、役者さんたちはそれぞれのせりふの言いにくいところを何度も何度も練習していた。わたしがこの話を考えていたときに、道を歩きながら、頭の中で何度も同じ文章を繰り返していたように。

「ほら、あそこ、画面見えるんちゃう」

すぐ後ろで声がして振り返ると、大学生風の男の子一人と女の子二人が、五メートルほど先のモニターが置かれているところを背伸びをするようにして覗こうとしていた。

「うわー、ほんまや。映画やで、ほんまに映画。あの録音機材のセットされてるの、めちゃめちゃかっこええやん」

男の子がかなりはしゃいだ調子で落ちつきなく左右に動きながら言っている。その後ろで背が高い、ヒョウ柄のコートを着た女の子が、だれかかっこいい人出てないの？　と繰り返していた。彼女はちょっと前にコンビニエンスストアに行ったときに見かけた覚えがあった。その隣では首にマフラーをぐるぐる巻いた華奢な女の子が、ぼんやりとした目で周りの照明やスタッフの人たちを眺めていた。その手には、わたしが持っているのと同じマカダミアナッツチョコの箱が握られていた。

十一時前にこの場所に来たとき、見物人はもっとたくさんいて大騒ぎになっていて、撮影が進められるのか心配になった。だけど、日付が変わったころからだんだんと人が減り始め、帰る人もまた来る人もいるけれど、今はだいたいスタッフの人と同じ数ぐらいで収まっている。映画の撮影はとても丁寧に進められていて、たった何分か何秒かのシーンをその何倍もの時間をかけて準備をして撮影し、やっとOKがでると今度は角度を変えてまた同じ場面を繰り返すので、よほど興味があるか好きな俳優さんをどうしても見たいという人以外は、飽きて寒さに負けて帰ってしまう。

真冬の京都の夜中の寒さは、覚悟はしていたけれども、実際にその中にいると、静かに少しずつ体の感覚が奪われていって、体温もなくなってしまいそうに思えた。そんな中でも、行定さんもスタッフの人たちも役者さんたちも、着々と自分の仕事を進めていた。夜が明けるまでに、どうしてもいくつかのシーンを撮ってしまわなければならないようだった。

橋のたもとの公園を取り囲む植え込みに沿って、女の子が二人歩いてきた。まだ十代の半ばぐらいの幼い顔立ちで、一人は黒いジャージの上下を着ていて、一人は寒いのにミニスカートにブーツで、二人の明るい髪の色がライトのせいでほとんど金色に見えた。

「なあなあ、なんの撮影してるか知ってる?」

白いジャージの子が、美加ちゃんとわたしの顔を見比べながら聞いた。もちろん知っていたけれど、説明するとまた見物人が増えてスタッフの人に迷惑をかけてしまうかもしれないし、などの考えがいくつかよぎって、たぶん同じことを思っている美加ちゃんと顔を見合わせた。

「……さあ。ちょっとわたしらもわからへんねん」

わたしの答えに、二人はさほど落胆した様子もなく、あ、そう、と軽く言って、わたしたちのすぐ後ろにいる、身を乗り出してモニターを見つめる男の子に同じ質問をし始めた。彼も、わからない、と答えたので、二人組は方向を変えて、いちばん人がたくさん集まっている橋の向こう側へと歩いていった。

美加ちゃんと、なんか悪いような気がするねえ、と言いながら彼女たちの後ろ姿を見送って道路の反対側の植え込みのほうを見ると、メイキングビデオの撮影隊の人がこっちに小型のデジタルビデオカメラを向けているのに気づいた。それを気にしないふうを装って美加ちゃんに、寒いから火に当たろうと言って、公園側の植え込みに隠れるようにして回り込んだ。わたしはどうしてもカメラに撮られているのに慣れることができない。それが友だちの構えるスチールカメラでも同じで、撮られていることを利用して自分を演出することも苦手だし、意識しないで自然にすることも難しい。中途半端に、気がついていないで自然に振る舞う自分を演じてしまうのがわかって、だけど、きっとその自然さも演じ切れていない。撮影中はずっとメイキングビデオ用の小さいカメラが回っていて、それは映画の撮影カメラとは、フィルムとビデオという違いに始まってなにもかも対照的で、まずデジタルビデオカメラは回っていることになかなか気がつかない。

背の高い植え込みに囲まれた小さな公園の真ん中に、たき火が見えた。燃料が入った一斗缶で、三つ用意されていた。樹木に囲まれた公園はほとんど真っ暗で、三つの火の周りと、樹木が途切れているところから撮影用のライトが差し込んでいる部分だけに光があった。いちばん奥の火の周りに、自分の出番を待っている柏原収史さん、三浦誠己さん、石野敦士さんたちと、そのマネージャーやプロデューサーの人たちが集まって賑やかに話をしていた。そこに向かって歩いていると、反対側の公園の入り口から行定さんが歩いてくるのが見えた。行定さんはしばらくわたしが見ているのに気がつかないで、暗いからはっきりはわからないけれど考え事をしているような様子で公園をまっすぐ横切っていた。黒いダウンジャケットのポケットに手を突っ込んで寒そうに肩をすくめたところで、ようやくわたしに気がついてにやっと笑って片手を挙げ、方向を変えてこちらへ歩いてきた。

「どうでした？　さっきの場面」

「女の子二人のやりとりがかわいくてよかったです。自分が書いた人物やけど、こんな子やったんや、って改めて思ってた」

わたしの頭の中で生まれたはずの人物が、はっきりした輪郭と形をもって目の前で動いている、というのは人には説明しきれない不思議な気分だった。

「作者は無意識に書いてる部分があったりするからね」

「うん。麗奈ちゃんに初めて会ったときに、真紀ちゃんのこと聞かれてびっくりしたのを思い出しました」

神戸の高校の真夜中のグラウンドでの撮影のときに、田中麗奈さんに初めて会った。撮影の合間に、たき火に当たっていた麗奈さんに話しかけてみた。原作者ですと挨拶をすると、麗奈さんは丁寧な挨拶を返してくれて、そのあと少し黙ってから、ゆっくりとわたしに聞いた。

真紀ちゃんて、どんな女の子なんですか?

わたしは、驚いて、真紀ちゃんは、女の子っぽい子でかわいいです、とだけ答えた。そして、わたしの返事を聞いて考え込んでいる麗奈さんの横顔がたき火に照らされているのを見ながら、自分も考え込んでしまった。真紀ちゃんがどんな子かわからなかったわけではなくて、役者が人物を演じるということがどういうことなのかいっぺんに実感したので答えられなかった。少し考えればわかることだし、それまでだって想像ではだいたいのことはわかっているつもりだったし、映画の撮影を希望して見学に来て浮かれて役者さんに会いたいとか言っていたくせにほんとうに失礼な話だけれど、麗奈さんのその一言で、その一言を聞いたときの麗奈さんの真剣な表情で、わたしはその瞬間に初めて、演技をするという仕事について、実感した。そのときまで、自分が役者さんに演じる人物について尋ねられる立場だとは思っていなかった。そのことがとても衝撃的で、軽々しく答えられなかった。

その話は、神戸の撮影のときに行定さんに伝えていた。

「みんなそれぞれ、自分が演じる人物についてすごい考えてるからね。柴崎さんの考えた人物があって、おれが考えた人物があって、それから役者が考える。役者は柴崎さんにそうやって聞いたりするかもしれないけど、それは参考に聞いてみるっていうことで、やっぱり最後は自分が考えたとおりに演じるよ。だから、今日もさっきの場面も始まるぎりぎりまで橋の手前でずっと迷って考えてたよ」

行定さんは、初めて会ったときも二時間ほどの間ずっとしゃべっていたし、とにかく常に話している。いつもたくさんの言葉を使ってわたしに自分の考えを説明する。人に自分の思いを納得させることができないと映画監督という仕事はできない、と撮影を見学していて思った。わたしは行定さんの説明に頷きながら、自分が書いた文章と目の前で撮影されている場面の関係について考えていたけれど、考えはあちらこちらに広がって一向に収束しなかった。

寒いからちょっと火に当たろうよと行定さんが言って、わたしたちはオレンジ色の炎を取り囲んでいる人たちに交ざった。行定さんは役者さんたちに、「西山はなぜシンメトリーが好きなのか」ということをおもしろがってずっと聞いていた。携帯電話が鳴って行定さんが話している隙に、西山を演じる三浦誠己さんが、「なんでシンメトリー好きなんですか？　教えてくださいよ」と、わたしに聞いた。三浦さんは小説の中で西山が髪をぐちゃぐちゃに散髪されるのでその通り、というか小説の数倍おかしい、ふざけているとしか思えない髪型に散髪されていて、しかも二か月間そのままでいないといけないそうなので、申し訳ない気がしたけれど、わたしのせいじゃないと思うことにした。行定さんの電話が終わるころに、役者さんの事務所の人がクリームスープを差し入れして配ってくれた。とてもおいしかった。

　火に当たってスープを飲んで少しだけ体が温度を取り戻し、行定さんや役者さんたちの笑い話を聞いて楽しいと思いながら、わたしはコートのポケットに入れたままの携帯電話を気にしていた。持っている中でいちばん分厚い手袋をしてきた手で、なんどか取り出してちらちら見た。だけど、待っている電話はかかってきていなかった。カメラが回っている間も役者さんたちと話しているときも、わたしはその電話を待っていた。なのにかかってこない。真夜中を過ぎているのに。


　しばらくして準備が整い、また撮影が始まった。さっきとは逆の方向から撮るので、今度は橋を渡った向こう側の植え込みの前にモニターや録音機材がセッティングされていた。わたしと美加ちゃんはその後ろの植え込みの隙間に邪魔にならないように並んだ。

　携帯電話や無線でいくつもの連絡が飛び交う。橋の向こう側の交差点と公園の手前の信号で、赤いランプを振って自動車を止めているのが見える。再び借りたヘッドフォンから聞こえる音の中からはなかなか自動車の音が消えない。ひっきりなしに必ずどこかで走っている自動車の音の流れの中に、すうっと静かになる部分があって、それを捉えて伊藤さんが指示を出した。

行定さんの声で、カメラが回りまた映画の中の世界が始まる。目の前にある小さなモニターの画面は、完璧に映画だった。

橋の向こうから、けいとと真紀ちゃんと中沢が歩いてくる。肉眼で見るその姿はまだ小さいけれど、ヘッドフォンにはすぐそばで三人がしゃべっているみたいに声が聞こえてくる。それ以外は、静まりかえっている。息をひそめて、一つの方向を見ている。

なんの前触れもなく、ポケットで電話が振動した。わたしは慌てて分厚い手袋でポケットの中の携帯電話を抑えた。この小さな振動も、マイクロフォンに聞こえてしまって撮影をだめにしてしまうのではないかとひやひやする。もちろん、マイクロフォンは離れたところにあるし、わたしのポケットの中で携帯電話が振動している音まで聞こえたりはしないのだけれど。電話が誰からかかっているのかは、わたしにはわかっていて、ずっと待っていたその電話の振動なのに、一刻も早く止んでほしいと願っていた。

わたしは、冷え切った空気のせいで、まぶたを開けた瞬間からどんどん冷えていく目で、モニター画面と、現実の撮影現場をずっと見くらべていた。そして、動物園での撮影を見に行ったときのことを思い出した。

動物園での撮影のとき、雪が降ってきた。寒い日だったけれど、わたしが住んでいる地域では雪が降ることはめったにないので、驚いた、というよりも、撮影で降らせる嘘の雪のように思えた。それくらいきれいだった。実際は、晴れの日の場面で、雪が降ってくると場面のつながりがおかしくなるのでスタッフの人たちは困っていた。わたしは、象がぶらぶらと鼻を振りながら歩いている柵の前に並ぶベンチのいちばん後ろに一人で座って、チョコレートを食べていた。撮影の準備はほぼ整っていて、雪が止むのと太陽の近くにある小さな雲が行き過ぎるのを待っていた。松尾敏伸さんと池脇千鶴さんも長い間待っていた。空はよく晴れていて青く、雪雲はどこにも見えなくて、きらきらと光って風に乗って舞う雪がどこから降ってくるのか不思議でしかたがなかった。北海道まで行くと空気中の水分が凍るダイヤモンドダストという現象があるので、それじゃないかとばかげたことを思ったりもしながら、たぶん雪はあそこから飛んでくるのだろうと六甲の山並みを眺めていた。

雪が止んで、撮影が開始された。振り向くと、メイキング用のビデオカメラがこっちを向いて回っていた。映画の撮影をしているカメラを撮影するビデオカメラ。

映画でもメイキングのビデオでも、カメラは現実の世界に実際に存在するものを撮るのだと思った。それが、偶発的なものごとでも、作り上げられたものごとでも。

わたしはなんでも好きなことを書けるけれど、自分が見ている世界について書こうとしている。


わたしは今、出町柳の鴨川の橋の上で、撮影現場を見ながら、モニター画面を見て、ヘッドフォンでせりふを聞いている。そこで展開されている行動やせりふは、何年か前にわたしの頭に浮かんだ。自分の考えた話に関して、何年かの時間が経ったあとで、人が話し合ったり演技したり撮影したりしていた。自分の考えた言葉は、それについて行定さんが考え、役者さんが考え、音声になってヘッドフォンからわたしの耳に聞こえてくる。それはもう映画の中にいる人物がしゃべっている言葉だった。その言葉を聞いて、わたしはやっと何年か前にこの文章を書いたときに自分の考えていたことがわかったような気がしてくる。せりふだけではなくて、頭に思い浮かんだ場面が、はっきりとした映像になって、モニター画面に映っている。それは、わたしの思ったこととまったく同じではないけれど、再現されているということはできる。映画を作るということに対してわたしは部外者だと現場にいればいるほど思うけれど、こうして撮影を見ているときは、自分が映画の内側にいるのか外側にいるのかわからなくなる。

　初めて撮影を見に来たとき、ライトアップされた撮影現場は、よく知っているはずの場所なのにライトと大勢の人の騒ぎのせいでまったく違う場所のようだった。その光景を見た瞬間から、わたしは、自分の思ったことが現実に影響を与えている、混乱というかずれのような感覚をまだ消化することができないでいる。

　撮影が一段落して、わたしと美加ちゃんは近くのコンビニエンスストアに温かい飲み物を買いに行った。コンビニに行くのはもう三回目だった。コンビニから出てきたところで、橋の向こうからさっきのジャージとミニスカートの二人組がうろうろと周りを見回しながら歩いてきて、わたしたちを見つけると声をかけてきた。

「なんの撮影かわかったで。反町隆史が出るテレビドラマの撮影なんやって。京都の大学生の話らしいわ。向こうに停めてあるワゴンの中に反町がおんねん」

「え？　反町が大学生なん？」

想像していなかった名前に、わたしと美加ちゃんは思わず聞き返した。

「えっと、ヤンキーで大学生とか言うてた」

「そうやった？　やくざの組長の息子で弁護士ちゃうの？」

「それは別のドラマやん」

女の子たちはしばらく見当違いなことで揉め続けていて、よほど説明しようかと思ったのだけれど言い出せなかった。ジャージの女の子が話をまとめた。

「ようわからんわ。とにかく反町。でも、もう寒いし眠たいし、わたしら帰るわ。あんたら、まだがんばるん？」

「うーん。もうちょっと見たいし」

「ほんまあ。寒いから気いつけや。がんばってね」

彼女たちはずるずると長く伸ばした袖で半分隠れた手を振って、コンビニに入っていった。わたしと美加ちゃんは、いい子らやったんやなあ、と感心して笑いながら、橋を渡った。

渡りきったところで、コンビニエンスストアでもロケ現場でも見かけたヒョウ柄コートの背の高い女の子が、公園の入り口のところから走ってきた。

「あの、映画の原作者の人なんですよね」

　猫みたいな丸い目をぱっちり開けてわたしを見て、彼女が聞いた。公園の入り口の脇では、彼女の友だちらしい男の子と女の子が、長いマフラーを二人でいっしょに巻いて仲よさそうに震えながら、こっちの様子を窺っていた。

「はい、そうです」

「やっぱり。あの、わたし、友だちに借りて本読んだことあるんです。サインしてもらえますか」

「えっ。いいですけど、どこに？」

　彼女の右手にはどこから持ってきたのか太い黒のマジックが握られていたけれど、それ以外はなにも持ってなさそうだった。

「あ、そうか。えーっと」

　彼女はポケットを探ると、マカダミアナッツチョコレートの箱を出してきて、その箱とわたしの顔を見比べてから遠慮がちに言った。

「こんなんでも……いいですか？」

「うん。いいです」

「じゃあ、宛名は、けいとへって書いてください」

わたしは、かじかんだ手で、小さなチョコレートの箱にぎこちなく名前を書いた。女の子は三回ありがとうございました、と言って、走って友だちのところに戻っていった。隣で美加ちゃんが、かわいい子やったね、と言いながら見送っていた。友だち以外にサインなんてしたのは初めてだったので、うれしかった。

撮影現場に戻ってカメラが回るまでの間に、わたしはさっきかかってきた電話に何度かかけ直したけれど、彼が出ることはなかった。

次の場面の撮影が始まった。自動車が止められる。見物人に注意が叫ばれる。音の途切れる瞬間が探される。監督の声が響き渡る。登場人物が動き出す。一連の作業に、わたしはやっと慣れてきていた。慣れてきていると思いながら、もうまったく感覚のないブーツの中の足と手袋の中の指を小さく動かして、こんなに寒くて死にそうなくらいなのに、毎晩毎晩なにをしに来ているんだろうかと思う。わたしは小説を書いたり、本を読んだり、家事をしたり、彼に電話をかけたり、眠ったりしなければならないのに。友だちの車に乗せてもらって二時間近くかけてこんなところまで来て。

それでも、わたしは目の前で起こっていることを、ただ全部見たい。

夜明けの時刻が近づいてきた。気温はどんどん下がり続け、氷の上に立っているようにじわじわと足下から冷たさが這い上がってきた。公園で三つ燃えていた火も残り一つになってしまった。撮影はまだまだ終わるきざしがなかった。最後までいたかったけれど、寒すぎたし、美加ちゃんは朝から仕事があるので、途中で断念して帰ることにした。

時間が残り少なくなってきたので、撮影現場の緊張が高まっていて、行定さんはモニターの前でスタッフの人と話し込んでいて声がかけづらかった。それで、凍りそうな夜中じゅうずっとわたしと美加ちゃんの相手をしてくれていたプロデューサーの古賀さんと飯泉さんに挨拶をして、帰ることにした。

橋のたもとまで歩いてくると、カメラ位置の確認をしに来た行定さんが、帰りかけるわたしを見つけて声をかけた。

「もう帰んの？」

「はい。たぶん明日はもう来ないので、ロケの見学は今日で最後になります」

「なんで？」

「え？　なんか邪魔になりそうやし、あんまり毎日毎日見に来る原作者っていうのも……」

「べつにいいじゃん。明日も来れば？」

「そうですか？　じゃあ、明日も来ます」

「じゃ、また明日」

川沿いに停めていた美加ちゃんの赤い車に辿り着くと、車体は冷え切ってフロントガラスには霜が付いていた。霜を払っていると、メイキングビデオの撮影隊の人が三人、もう少し先に停めてあるワゴン車の陰からこっちに歩いてきた。

「あ、ちょうどよかった。今日の分のインタビューお願いします。ええと、そっちに立ってもらえます？」

わたしは川沿いの遊歩道に立った。川の向こうでは撮影の作業が続いていて、スタジアムのようなライトが煌々とそこを照らしていた。初めて撮影を見に来た日に遠くからそれが撮影現場だと気づいた瞬間の光景と同じだった。

一人がわたしにインタビューし、一人がわたしにカメラを向け、もう一人の人がその全体をカメラに収めていた。インタビュアーを務める人が聞いた。

「今日のできごとはなんでしたか？」

「今日は……」

わたしはなんの音も立てないでこっちを向いているデジタルビデオカメラのレンズを見た。メイキングビデオが完成したときに、今日言っていることを聞いて、わたしはどんなふうに思うんやろうか、と思いながら。

京都から大阪へ向かう車の中で、美加ちゃんと今日の撮影で見たことを興奮気味にしゃべりながら、だんだんと明るくなっていく空を見た。明日はいつもなにも知らせないでやってきて、気がつくとまた今日になっている。

もうひとつの、きょうのできごと

いつもの土曜日　真紀・中沢

白い天井で青い光がゆらゆら揺れている。雀が鳴いて、飛んでいく羽音がした。小さな折りたたみのテーブルの上には、真紀が淹れてくれたコーヒーのカップと真紀が飲みかけのオレンジジュースのグラスがあった。

「なあ、あとで買い物ついてきてな。台所の横に置く棚買いたいねん」

空によく似た色のカーテンの向こうで、ベランダの真紀が言っている。洗濯物のタオルをはたいている音が聞こえてきた。

「ああ、ええけど」

かなりずり下がった体勢でベッドの縁にもたれたまま、ぼくはまだ完全に目の覚めていない頭を振って、ベランダのほうを見た。カーテンを開けて、真紀が顔を出してにっこりする。

「ほんま？　じゃあ、ついでに外でお昼食べようよ」

急に部屋が明るくなって、ぼくは思わず目をぎゅっと閉じてしまった。涙がじわっとにじむのを感じながらまた開けた目でよく見ると、外は曇り空のようでそんなに眩しくはなかった。全体的に白っぽい真紀の小さな部屋は、いつもちゃんと片づいている。洋服も雑誌も化粧品も料理の道具も、置くと決められたところに置かれていた。ぼくと撮った写真は、今は消してあるテレビの上。

「中沢くん、なに食べたい？　あ、ローソンの向こうにできたお店に行ってみる？」

　真紀は洗濯物を干しながら、手すりの向こうの土曜日の町を眺めている。さっき風呂に入っていたので、髪がまだ濡れていた。髪のせいなのか洗濯物のせいなのか、水の匂いがするような気がした。

「うーん」

　ぼくは適当に返事とも言えない返事をして、テーブルの下に転がっていたリモコンを取ってテレビのスイッチを入れた。ぶうん、と低い音が鳴って、テレビの画面には休日のお昼前の情報番組が賑やかに映し出され、少しうるさすぎるので音量を下げた。昨日、真紀にお土産として買ってきた、行列ができるので有名な店のクリームパンが残っているのを思い出して、立ち上がって冷蔵庫に取りに行った。二つ残っていたはずだけれど、一時間前に起きた真紀はもう食べてしまったみたいで、紙袋には一つしか入っていなかった。クリームパンをくわえて、片手にオレンジジュースを持って、今度はベッドの上に座った。真紀が飲みかけで置いてあったグラスにオレンジジュースをつぎ足して、一口飲んだ。クリームパンが甘いせいか、思ったよりも酸っぱく感じた。テレビの画面では、見たことあるようなないような顔の若い女の子のリポーターが、テーマパークの新しいアトラクションを紹介していた。真紀のほうが全然かわいかった。

「あのさあ、真紀、どっか行かへん？」

クリームが残ったままの口で、真紀に言った。真紀は靴下を洗濯ばさみでハンガーにくっつけているところだった。

「なに？　どっかって。お昼食べに行くんじゃなくて？」

真紀は作業する手を止めないで聞き返した。ぼくはやっぱりどこかに行きたいと思った。

「うん。もっと、どっか行くって感じのとこに行きたい。遊園地とか。せっかく土曜日なんやし」

クリームパンのクリームが多すぎて、かみつくと横からはみ出て手の上に落ちたので、それも舐めて食べた。結構おいしくてこの店は当たりやったと思いながら、真紀を見ると、ちょっと機嫌が悪くなりそうなときのなにか言いたそうな目になっている。そして実際に言い始めた。

「だから、昨日もどっか行こうって言うたし、今朝も九時ぐらいに一回、起きようって言うたやん。せっかく休みなんやからって。なんで今ごろ言うの？　わたしは、もう今日は洗濯と掃除の気分になってもうたんやから、無理」

それから、わざとらしくハンカチを引っ張りすぎるくらいに伸ばして干した。

「洗濯はもう終わるやん。そんな遠いとこちゃうくてもええから」

「お風呂の掃除もしたいねんもん。今週、仕事忙しくてなんもできへんかってんから。それやし、天気悪くなりそうやんか」

「天気悪なりそうって、洗濯物干してるやん」

と言い返しながらテレビのチャンネルを変えると、ちょうどＮＨＫで天気予報をやっていた。雲のマークがたくさん並んでいた。

「大丈夫そうやで、天気。雨降るのは明日の午後からって言うてるで」

それでも真紀はいい返事をしなかった。だけどぼくはすっかり出かける気分になってしまった。

「行こうよ。掃除は明日手伝うから。あ、そや、ロケハンしに行こ。ロケハン、ロケハン」

干すものがなくなった真紀は、ベランダに座り込んで、ぼくを見た。

「ロケハンって、どんな映画か決まれへんかったら行かれへんやん」

「どんな映画かはずっと決まってるで。ラストは絶対ハッピーエンドで、見た人が幸せな気持ちになる映画」

「そうじゃなくて、ストーリーとかわからんと、どんな場面かとかわからへんやろ」

「場所を見てひらめくってこともあると思うねんな。この風景を絶対撮りたい、みたいなん。なあ、こないだ置いて帰ったTシャツ、どこ？　オレンジ色のやつ」

「クローゼットの、下の籠」

クローゼットを開けると、中に置かれている籠のいちばん上に、探しているTシャツがきちんと洗濯してたたんであった。ぼくは、着ていたTシャツを脱いで、そのオレンジのTシャツに着替えた。真紀の服と同じ匂いがした。

「いいやん。行こ行こ、ロケハン。あ、こないだ、真紀が最初ロケハンって取材班とかの班と思ってたってことをおれがめっちゃ笑ったから嫌なんやろ」

「違うってば。もう」

真紀は拗ねて立ち上がり、ぼくのほうに背中を向けてベランダの柵にもたれかかって外を見た。見ているのか見ているふりをしているのかはわからない。ぼくはとりあえず立ち上がって、洗面台に行って顔を洗って歯を磨いて、そのあいだずっとロケハンに行きたいことと映画の話をし続けた。

「まず、主人公はおれぐらいの年の男で、やっぱり青春映画撮りたいからさ、おれは。で、そいつが、車に乗って、うーん、ちゃうなあ、やっぱ自転車、自転車に乗ってずっと走り続けてるねんな。海、はちょっと恥ずかしいから、めっちゃ大きい川沿いの道がええな。走ってると、すごい古くてちっちゃい深緑色の車がとろとろ走ってて、それを追い越しかけたらその車が停まって、めっちゃかわいい女の子が降りてくるねん。道を聞かれるとかなんか手伝ってくださいとか、かわいいから喜んでると、もう一人車から男が降りてくるんや。そいつは、えーっと、ごつくて怖そうな感じ、いや、意外に気の弱そうなでもかっこいいやつとかがええかな。どう思う?」

真紀は外を見たまま、なんか聞いたような話やなあ、と言い、ときどき曖昧な返事をしていた。歯も磨いたぼくは、ベランダへ出て真紀の隣に並んだ。

「お昼も晩ごはんも、真紀の好きなもんおごるから。行こうよ、ロケハン。おれの映画の」

真紀は柵の手すりに肘をついて、そこに顎を載せてしばらく外を見ていた。ぼくも、ベランダの外に広がる景色を見た。五階だけれど、周りに高い建物が少ないので、実際の高さ以上に高く感じられ、見晴らしも良かった。地面にはびっしり建物が詰まっていた。少し離れたところにある高架の道路を、自転車が一定の間隔をあけて部品の一部のように滑らかに次々と走っていった。そのずっと手前の、ここと同じような高さのマンションのベランダには、植木に水をやっている人が見えた。

「それで、どこに行くの？」

少しぼんやりしていたぼくは、真紀の声で顔を右に向けた。真紀は少し呆(あき)れたように、だけど優しい顔で笑っていた。一週間前よりも、ほんの少しだけれど確実に涼しくなり始めた風が、ベランダを通って部屋の中へと吹いていった。

「うーん、どこかわからへんけど、どっか」

ぼくも真紀に笑って言って、それからまた遠くを見た。ここからの風景を、ほっとするくらいに見慣れてしまっていて、それはいいことのような気がした。

ぼくと真紀はこれから出かける。どこに行くかまだなんにも決めていないけれど、そこにはぼくと真紀がいる。

海辺の町には　けいと

こんにちは。
お元気ですか？

昨日まで知らなかった場所に来た。今日初めて見た電車に乗った。始発の駅だったので出発までは間(ま)があった。電車は二両しかなかったけれど、真新しい最新の車両で、その運転席のすぐうしろの座席に座って外を見ていた。もっと寂れた雰囲気を期待していたのかもしれないのだけれど、小さな駅の構内にはいくつも売店があって賑やかで、土曜日の午前中のわりには人も結構いて、座席はほとんど埋まっていた。入り口の近くで、制服を着た女の子たちが三人でずっとしゃべっていた。笑いながら。

駅まで歩いてくるときに見上げた空は、曇っていて白かった。雨が降りそうなくらいに灰色の暗いところもなかったし、青い空が覗いているところもなかった。天気予報では雨が降るのは明日になってからだと言っていたけれど、できれば少しぐらいは晴れてほしかった。せっかく、初めて来たところなのだから。

ホームを挟んで向こう側の線路には電車は停まっていなかった。派手で大きな文字を詰め込んだ看板広告が並んでいて、その下の土が盛り上がったところは、植え込みなのかただ雑草が茂っているのかわからない状態で、何種類かの植物が揃わないで生えていた。

そこに、唐突に赤い薔薇があった。とってつけたみたいに、だれかが置いていったみたいに、鮮やかな赤い薔薇が一つだけ。すっと伸びた長い茎の先で、咲いていた。薔薇が、ほっておいても生長する丈夫な植物だということは近所の空き家で薔薇が咲き続けているので知っているけれど、それでも、突然、あの真っ赤な色を見つけると驚いてしまう。

発車を知らせる音が鳴り響いた。

思ったよりも、電車の速度は遅かった。ゆっくりと、自転車くらいに思えた。線路の両脇には、ぶつかるのが心配になるくらいぎりぎりに家が建ち並んでいた。塀と塀のあいだの路地を進むみたいに、遠慮気味に線路が続いていた。電車の窓はどれも十センチメートルくらい開いていて、風がちょうどいい具合に流れてきて気持ちよかった。窓が開いている電車に乗るのは久しぶりなような気がした。

窓のすぐ外に、家が見えた。通り過ぎて、すぐに隣の家が見える。次々に現れる家の窓は、あたりまえだけれどそれぞれ違って、一軒ごとに別の人が住んでいることを教えてくれる。白いカーテンの窓の次は、黄色いカーテンで、その次に見えた窓には紫色の花の鉢植えがぎっしり並んでいた。それから隣の家の、洗濯物がはためいているベランダがやってきて、そして遠くなっていく。

そういうのを見ていると、わたしはすぐに想像してしまう。その家に住んでいる人のことを、その家で今日あることを。全然関係のない人なのに。

なんでなんやろう。

電車が小さな駅に着いた。ベンチに座っていた白いシャツに紺のスカートの制服の女の子が、発車の合図が鳴っても電車に乗ろうとしなくて、手に握った携帯電話と駅の入り口のほうを見比べていた。誰かを待っているんだと思った。ドアが閉まって電車が動き出した瞬間に、女の子は立ち上がって手を振った。思わず身を乗り出して遠くなっていくホームを見ると、Tシャツに短パンの男の子が走ってくるのが見えた。わたしは、その女の子がその男の子に会えてよかったと思った。もしかしたら二人はただの友達でそんなにたいした用もなかったかもしれないけれど、それでも、うれしかった。

首をひねって背中のほうの窓から外を見ると、よく茂った木がすぐ近くに迫っていた。電車が、深い緑の葉をかすめていった。その向こうに、立派な塀に囲まれた古い家があって、次に踏み切りがあった。警笛がかんかんと鳴って、黄色と黒の遮断機が下りていた。その前で、赤いアロハシャツを着た男の子が、緑色のマウンテンバイクに跨って、電車が通り過ぎるのを待っていた。男の子はきっとわたしと同じくらいの年で顔ははっきり見えなかった。赤いアロハシャツが風ではためいているのに見とれている一瞬のあいだに、その姿はすぐに建物に隠れて見えなくなった。

きっと、彼には一度も出会うこともなくって関わることもない。そう思うと悲しかった。もしかして、話してみたら、好きな音楽や映画がいっしょかもしれないし、実は共通の知り合いがいたりするかもしれないし、そして気が合ったりするかもしれないのに。それなのに、あのアロハシャツの姿だけが心に残って、このまま会うことも話すこともないっていうことが、とても悲しいことに思えた。

窓の外の家並みのすぐうしろに、山が迫っているのが見えた。山は簡単に登れてしまいそうに低く、濃い緑色と黄色っぽい緑色が混ざっていた。あと何か月かしたら、紅葉が始まって、そのときにはあの山は、緑のところと黄色のところと赤いところがあって、この電車に乗る人ももっと増えるって、思い浮かべているあいだに次の駅に着いた。

五人ほどのおばさんのグループがしゃべりながら乗ってきて、車内はいっそう賑やかになった。駅のすぐ横に生えている二本の大きな楠が、ゆったりした風に揺れて、葉がざわざわなるのが聞こえて、それからドアが閉まって電車はゆっくり動き出した。

ドアの上に貼られた路線図を見て、どこで降りようか考えた。次か、その次、と思って初めて見る駅名を眺めているうちに、ふと、降りた町でコンビニエンスストアに入ったらさっきのアロハシャツの男の子が店員をしているかもしれない、と思いついた。踏切で待っていたのは、マウンテンバイクに乗ってアルバイトに行く途中だったたのかもしれない。その思いつきがなかなかいいことのように感じられたから、わたしはそう思うことにした。どこか、名前の気に入った駅で降りたら、あの男の子に会えるかもしれない。そこは、みんな違うカーテンをつけた窓がある小さな家が並んでいる、道ばたに花が咲いている、高校生が待ち合わせをしている、湿った風が吹いてくるところで、きっとずっと覚えているようなところ。

雲の薄いところを通して柔らかい光が、少しだけ差してきた。

進行方向を見ると、運転席の窓から線路が緩やかにカーブしながら続いていくのが見えた。これから、わたしはこの線路の上を進んでいって、初めて見る場所で降りてみる。今、わたしがここでこんなふうに思っているのを、誰も知らなくて、だけど誰かに言いたくて、こんな気持ちを誰に言えばいいのか、たぶん、その誰かを、わたしはずっと探しているんだと思う。

電車がカーブを曲がりきると、突然、海が見えた。まっすぐな道路の向こう側に。海は光って見えた。銀色で、きらきらしていた。

そんな景色を、見たことある？
わたしは、今日、初めて見た。
なにか、お土産を買って行きます。
それでは。

喫茶店で、向かい合って　ちよ・かわち

　せっかく土曜日のお昼でどんどんおなかが空いてくるのに、かわちくんがいつまでもなにを食べるのか決められないので、いらいらしてつい目の前に看板があった喫茶店に入ってしまった。周りにはごはんを食べるお店はいっぱいあって、だからかわちくんもいつもの「なんでもいいよ」を連発して決められなかったのだけれど、新しくておしゃれでおいしいお店もいくつかはあったはずなのに、よりによってわたしとかわちくんが今向かい合って座っているのは、二十年は内装を変えてなさそうな、だからといってレトロな情緒があるわけでもない、決まりきったメニューしかない中途半端な喫茶店の窓際の席だった。窓際、ということだけが唯一ましなところで、これがトイレのすぐ前の席だったりしたらわたしはもう帰っていたと思う。

「なに食べる？　ねえ、なんか懐かしいよね、こういうメニューって」

　向かいの席に座っているかわちくんは、わたしがいらついていることにもちろん気がついているので、わざと明るい調子で話しかけてくる。気を遣ってくれているのはわかっているけれど、つい思っていることを正直に言ってしまう。

「懐かしいのとおいしそうなんは、違う」

　ガラス板にレースの敷物が挟み込まれたテーブルの上に、かわちくんが広げてこっちに向けている二つ折りのメニューの中でお昼ごはんになりそうなものは、ランチセットかスパゲティかサンドイッチかカレーライスしかなかった。四つもあったら十分のような気もするけれど、四つしかないという印象だった。水とコーヒーの入り交じった、いかにも喫茶店らしい匂いにむせそうになりながら、わたしはその四つの選択肢を睨むように見つめた。そのあいだも、かわちくんはずっと、これがおいしそうだよとかクリームソーダもあるよとかしゃべり続けていた。

　結局わたしがランチセットに決めると、かわちくんはじゃあぼくもと言い、お店の人を呼んだ。お客はわたしたちのほかにはいちばん奥の席で一人でスポーツ新聞を広げている常連と思われる太ったおじさんしかいなかった。それなのに、店主らしいおばさんとバイトらしいわたしと年の変わらない女の子は、二人ともこっちにあまり気がつかない。かわちくんがすいませんと三回繰り返して、やっとカウンターの中から女の子のほうが出てきた。

　注文を聞いているあいだ、女の子はかわちくんの顔ばかり見ていた。明らかに見ていた。

「今日はなんか蒸し暑いね。このあとどこに行く？」

かわちくんは、窓の外を歩いていく人たちを見ながら言った。外は曇っていて道路や建物も全体に白っぽく見え、これから晴れそうでもなかったし雨が降りそうでもなかった。家を出る前に見た天気予報では、明日から雨になると言っていた。

「どこ……。どこ行こかな……」

わたしはそう言って、ぼんやり窓の外を眺めた。ほんとうに特になにも思いつかなかったからそう言ったのだけれど、かわちくんはわたしが怒っていると思ったみたいで、ちらっとわたしの表情をうかがって、それから窓の外を見た。その視線に気がついたので、わたしは逆に店内に目を向けた。

店の中は、インテリアは焦げ茶色で色の感じは揃っているのに、余計なものが多いからかごちゃごちゃして見えた。テーブルとテーブルのあいだには伸びすぎた観葉植物が置かれ、壁際に並んだすずらんの花の形をした照明器具には埃が積もっていた。テーブル席が三つも並んでいる側の壁は鏡になっていて、狭い店を広く見せるための工夫かもしれないけれど、物がなんでも二つずつ見えるのでいっそううるさく見えた。

わたしはその鏡のほうを向いて座っていて、かわちくんの頭の向こうにカウンターにいる店主らしいおばさんとさっき注文を聞きにきた女の子が映っているのが見えた。

カウンターの半分は、食器と、集めているのか大小いろいろ並んでいる犬の形の置物で占領されていて、その陰でおばさんと女の子はしゃべりながらわたしたちが頼んだ品物を用意していた。わたしたちに聞こえないようにこそこそとしゃべっている様子で、ときどきこっちをちらちら見た。あんなにきれいな顔のかわいい男の子にえらそうにして感じの悪い女だ、とか言っているのかもしれないと思った。

おばさんたちの視線に気がついていないかわちくんは、まだ窓の外を見ていた。落ち着かないできょろきょろと周りの建物や通りかかる人を見ているみたいだったので、このあとどこへ行こうか考えているのかなと思った。半袖のシャツから出ている腕は、白かったけれどしっかり筋肉がついていて、やっぱり男の子の腕やなと思った。

「なあ、かわちくん」

かわちくんは、不意をつかれて反射的にわたしを見た。

「かわちくんは、わたしに振られたらどうする?」

目を丸く開けて、それからきれいな形の眉毛を寄せて、かわちくんは聞き返した。

「え……、それって……、そういうこと考えてるってこと?」

「違うって。ただ聞いてみてるだけ。どうする? わたしに振られたら」

水滴が重くなって流れている、薄茶色のコップのお水を一口飲んだ。冷たいだけでなんの味もしなかった。

「だから、たとえば、めっちゃ泣いて部屋に閉じこもるとか、友だちと飲みに行って暴れるとか、しつこく電話かけてきて待ち伏せしたりするとか、あ、それか合コンに行きまくるってパターンもあるやん？」

かわちくんは、わたしがそんなことを言っているあいだも、黙ってテーブルの上のお水のコップのあたりをじっと見ていた。答えが返ってこなくて、なんでこんなつまらない質問をしてしまったのかな、と思い始めたころ、やっとかわちくんが口を開いた。

「ぼくは、どうもしないと思う」

かわちくんの目は、わたしの目を見ていた。

「なに？　どうもせえへんって」

わたしは、かわちくんの顔とかわちくんのうしろの鏡に映っている自分の顔を見ながら聞き返した。かわちくんは、水は飲まないでただコップの縁を指でなぞりながら、少しずつ言葉を繋いだ。

「ぼくは、たぶん、どうもしないと思う。今、ぼくはちよが好きで、振られるときもたぶんおんなじようにちよが好きだと思うから……。ちよがぼくを好きじゃなくなったらしかたないし、どうしようもないっていうか、だけど、ぼくが好きな気持ちは変わらないんだから、泣いたり暴れたりしなくていい……ような気がする。そういう感じで、どうもしないっていうこと」

かわちくんはまじめな顔でそこまで言って、言い終わってからやっと照れたようにちょっと笑った。わたしは自分で聞いたくせに気恥ずかしくなって、ふーん、と愛想のない返事をして、窓の外を見ているふりをした。空は、さっきよりも少し明るくなっているような気がした。

「おまたせしましたあ」

妙にはしゃいだ声で、注文を聞きにきた女の子がランチセットのオムライスを持ってきた。

「こちらがセットのスープとサラダになります」

女の子は全部のせりふを、わたしたちにじゃなくて、かわちくんだけに向けて言っていた。かわちくんはいつもの調子で愛想笑いを彼女に返していた。

「ごゆっくりどうぞ」

女の子が精一杯の微笑みをかわちくんに向けて、カウンターのほうへ戻っていった。戻っておばさんにまたなにか耳打ちするのが、鏡の中に見えた。

かわちくんはテーブルに並んだ二人分のオムライスを、おいしそうだね、と言って笑った。それから、ランチセットのおまけとしての役割を果たすためにレタスとオニオンスライスがちょこっとだけしか載っていないサラダの上の、さっきの女の子の好意のように添えられた真っ赤なプチトマトを、摘んで口に入れた。

「おいしいよ。ちよも食べてみたら」

古くさい花柄の布が貼られた椅子に座って、わたしの目の前でプチトマトをおいしいと言って笑うかわちくんに、わたしは急に触りたくなった。

とても、触りたくなった。

一番風呂に行かへんか？　正道・西山・坂本

　商店街の街灯に挿さっている造花は、なんであんなにきれいなんやろう、といつも思う。赤くてぴかぴかしている。きれいすぎて、目の奥が痛くなる。特に今日みたいな、飲み過ぎて昼もだいぶまわってからようやく起きて、なんとか外に出てきたようなときには。

「おれはやっぱり、塩やな。塩がいちばんほんまの味がわかるよ」

　おれのうしろを歩いている正道が言っている。

「えー、塩なんか食べた気せえへんわ。豚骨やろ。ラーメンといえば、がつんと豚骨」

　正道の隣を歩く坂本が答える。おれはその争いには参加しないで、だいたい二メートルおきぐらいに正確に両側に並んでいる街灯の、プラスチックの花を数えている。赤とピンクの花に、黄緑色の葉がついていた。夏は終わりそうなのに、十分不快になる蒸し暑さで、道幅の狭いわりに店のテントが張り出している通りは、風通しが悪くて気に入らなかった。

「それはラーメンの深さをわかってないんやって。あの透明のスープにあっさりした麺を食べてこそ、ラーメンを知ることができるんやって」

「正道がもっともらしく言うたって、豚骨は譲られへんわ。最近の豚骨はすごいねんで。鶏ガラとのブレンドに始まって、鰹だしとかもあるし、豚骨醤油、豚骨味噌、なんでもあんねんから。塩味噌とかないやん」

「なんでも入れたらええってもんやないやろ。塩こそが、作る人の技術がいちばん出るねんって」

「誰がなんと言おうと、おれは豚骨。豚。豚の脂のあの白い色。それしかない」

「あーっ、なんやねん、正道も坂本も、脂っこい話ばっかりしやがって」

おれはとうとう耐えきれずに、振り返って怒鳴った。おれたちをよけながら自転車で通っていたおばちゃんが、振り返ってじろっと見た。商店街の果てのこの通りは、あんまり人が歩いていない。

「おれは、頭痛いねん。吐きそうやねん。もっと爽やかな話題はないんか」

正道も坂本も不服そうな顔でおれを見る。

「なに偉そうに言うてるねん。単に西山が飲み過ぎたんちゃうん？」

首のうしろをぼりぼり掻きながら、坂本が言った。正道が足を速めて、おれの隣に並んだ。

「そうやで。ほんま、ゆうべは、っていうか、ゆうべも大変やったわ」

ゆうべというか今朝の覚えているところまでの光景が、頭の中にいくつかぱっと浮かんだ。記憶が途切れているところから眠るまで、どのくらいの時間だったのか、全然わからない。

「……ごめんな」

とりあえず、謝ってみると、正道は笑いながらおれの肩を叩いて聞いた。

「ごめんってどれのこと？　電話？　卵焼き？　靴？」

少し離れて歩く坂本がげらげら笑っている。おれは昨日はいいことがあったので、飲み過ぎた。十二時過ぎに正道にかかってきた女の子からの電話に勝手に出て勝手に切った。近所の人にもらったという二パック分の卵を全部卵焼きにして無理矢理食べさせた。でも、靴はなんのことかわからなかった。

「え、まあ、全部……」

正道も坂本もおれがやったことを思い出して、笑い続けた。だれの靴をどうしたのか気になってしかたなかったけれど、聞かなかった。

「ええよええよ、取り返しのつかへんことはしてないから」

やっと笑いが収まってきた正道が、おれの背中をぽんぽんと叩いた。正道はやっぱりええやつやと思う。

「うん。今度から気ぃつけるわ」

「西山、それいっつも言うてるやん。ほんま、気ぃつけてな」

さっきまでの笑いの気配がない、平坦な声の調子だったので、おれは不安になって正道の顔をうかがった。正道の目と口はまだ笑っている感じが残っていたのでほっとしたけれど、ほんとうに気をつけなければいけないと思った。角の煙草屋に並ぶ自動販売機の前を、かなり下着に近い姿のじいさんが箒で掃いていた。このじいさんにとっては、今日の土曜日の一日は、もう終わりにさしかかっているんやろうなと思った。おれはさっき起きたばっかりだけれど。

「この組み合わせって、何回目?」

唐突なおれの質問に、たぶん正道もだいぶ酒が残っているのでぼんやりしていて、まだ眠たそうな目で聞き返した。

「組み合わせ?」

「おれと正道と坂本で、正道の家で飲み過ぎて、昼過ぎまで寝てて気持ち悪くて、寝ても覚めてもまたこの三人、の組み合わせ」

「そうやな。だれか一人ぐらい、女の子のとこ行くから、って帰ったりするようになれへんのかな。坂本も合コンばっかり行ってるんやったら……あれ？」

話を混ぜ返してこないと思っていたら、うしろを歩いていたはずの坂本がいなかった。立ち止まって周りを見回すと、道にかなりはみ出して商品を並べている布団屋の陰から坂本が出てきた。手には、街灯に挿さっているのと同じ、プラスチックの赤い花を持っている。

「そんなん、どっから取ってきてん」

「そこ。ご自由にお持ち帰りくださいって書いてあった」

「そんなわけないやろ。どっから抜いたんや」

「あそこ」

坂本は頭の上の、斜めに花がせり出している街灯の先のほうを指差した。もちろん、手が届く高さじゃなかった。

「嘘つくなよ。ちゃんと言えよ」

「ほんまやもん」

坂本は答えようとしなかった。歩いてきた道にずっと続いている花飾りを見渡してみたけれど、全部二階以上の高さのところでぴかぴか揺れていた。

「そんなしょうもないこと、もったいぶって……。だからこの組み合わせは嫌やねん」

「あ、あそこやで、風呂屋」

おれと坂本の膠着(こうちゃく)状態を収めようとしたのか、それともただ単に目についたから言ったのかはわからないけれど、商店街の終わりの、花飾りが途切れているその向こうの角に見える黒い瓦屋根の建物を指差して正道が言った。

「おっ、なんか年季の入った風呂屋やん」

中途半端な角度で曲がっている道を進むと、見える方向が変わって、手前のアパートみたいな建物の向こうに風呂屋の煙突が見えた。白っぽい煙が頼りなく出ていて、雲の切れ間の青い空に映えていた。

「あ、晴れてきたやん。天気悪なる言うてたのに。やっぱり風呂屋行こ言うて正解やったな。おれ、えらいやろ？　あのまま正道の家で三人で寝てるんなんか最悪やったやろ？」

おれはかなりうれしくなってきて、スキップ気味に前を歩いた。

「わかったわかった。そやな」

欠伸をしながら正道が言った。

「まあ、西山は言わしといたら気ぃ済むからな」

　坂本は、赤い花を振り回してぺきぺきと音を立てていた。

「なんや、その言い方。あ、なあなあ、風呂上がったら、ラーメン食べに行こうや」

　おれはとてもいいことを思いついたと思った。風呂屋の玄関が見えてきた。ちょうど開いたばかりらしくて、おばちゃんが前の道を掃除していた。煙草屋のじいさんとは違って、このおばちゃんも、今日という日は始まったばっかりだと思った。

「なんやねん。さっきは脂っこい話すんなって言うたくせに」

「さっきはそう思ったけど、今はラーメンな気分になったの。食べたいやろ、ラーメン」

「そうやなあ。食べたいかも」

「そらおれも食べたいわ。ただし、豚骨限定」

「まだ言うてるんか。二日酔いで豚骨はないで」

　正道と坂本は、またさっきのラーメン論争の続きを始めかけた。風呂屋のおばちゃんがおれたちに気がついて、掃除を切り上げるとガラス戸を開けっぱなしにして中に入っていった。

「そんな、小さなことで争うなよ。おれが、風呂入ってるあいだに閃いた店に行く。

たぶん、鶏ガラ醤油やな」

「なにを勝手に決めてるねん」

「だって、風呂屋もラーメンもおれが行くっていうて正解やったやろ。おれはさえてるねん、今日は。明日の天気も晴れやな」

空を見上げると、青いところも増えてきたけれど、まだ八割ぐらいは白い雲に覆われていた。だけど太陽は雲の切れ間にちょうどあって、建物や地面やおれたちを照らしていた。

「天気予報で雨降るって言うてたで」

やっぱり坂本はそういうつまらないことを言ってくる。いつの間にか手から造花がなくなっていた。風呂屋の開け放たれた玄関から、お湯の匂いが漂ってきた。

「天気予報がはずれや。おれは晴れやと思うもん」

「なんで、そんなに確信してるねん」

ポケットから小銭を出しながら、正道は笑っていた。風呂屋のかなり大きな紺色ののれんをくぐりながら、おれは答えた。

「わかるもんはわかるんや」

だって、おれは今、恋をしてるからな。

解説

ジャームッシュ以降の作家

保坂和志

二〇〇三年の私の収穫は、柴崎友香という小説家を知ったことだった。

デビューが一九九九年で、この『きょうのできごと』の出版が二〇〇〇年一月だから、三年か四年、見過ごしていた計算になるが、毎年毎年何十人もデビューするこの世界の新人を、特別評判にでもならないかぎり、いちいち読んでみたりしない。つまり柴崎さんは全然評判になっていなかったわけだけれど、秋に柴崎さん本人と知り合って、半分以上「義理で」読んでみたのだが、これが予想に反してすごく面白い。

面白いだけでなく、不思議な緻密さによって小説が運動している。

というより、不思議な緻密さによって小説が運動している、その緻密ぶりが面白い、と言った方が正しいだろう。たとえば、最初の「レッド、イエロー、オレンジ、オレンジ、ブルー」の冒頭、「光で、目が覚めた。」につづく段落。

「右側から白い光が射していて、中沢が窓を開けて少し身を乗り出すのが黒い影で見えた」は、**純粋な視覚**ないし**光学的現象**だが、それにつづく「白くて強い光だったから、一瞬、朝になったのかと思ってしまった」は、**その場（現在時）の思考**だ。次の「たぶん、京都南インター・チェンジの入口で、窓の外では、金属の四角い箱の縁に光が反射していた」で、思考からもう一度**視覚に戻り**、この視覚は**外の視界**だが、その次の「中沢はその箱の中ほどから小さな紙を取り出し、少しも見ないままそれをズボンのポケットに入れた」で、視界は**外から車内へと移動**する。そして**その移動をそのまま自分まで**持ってきて、「わたしは座席に深くもたれたまま、その作業を眺めていた」となって、「いつ眠ったのか覚えてないけど、ずっと頭を垂れて寝ていたみたいで、首の左側にシートベルトが食い込んで、ちょっと痛かった」と、ちょっと**記憶（たぶん一時間以内の記憶）を掠めて、その場（現在時）の自分のからだの感覚**になる。しかし、このセンテンスでは「わたし」はまだ何も動きを起こしていないのだが、「ちょっと痛かった」という感覚に誘導されて、「触ってみると耳の下から斜めに跡がついていた」と、はじめて「わたし」に**動きが生まれる**。そして「その跡を撫でながら」と**動きがつづきながら**、「小学校のときから知っている人が、こうしてお父さんがするような車の運転や高速道路の乗り降りをなんのためらいもなくしているのを見るのは、妙な感じがするもんやな、と思った」と、**古い記憶**を経由して、**現在時の感**

想がやってくる。

私のこの説明を読んでも、たぶんほとんどの人は「だからどうしたの？」としか思わないだろう。「だって、まんまじゃん」とか、「全然ふつうなんじゃないの？」と思った人もいるだろう。しかし、これが全然ふつうではない。だから私はわざわざ太字にして要素を強調したのだが、ワンセンテンスごとに見たり感じたりする対象が変わり、自分の気持ちもそれにつられて変わっていく——という、このとても機敏な動きの連続は、一見日常そのままのようでいて、本当のところ現実の心や知覚の動きよりはるかに活発に構成されている。この書き方ができる人は、ほんのひとにぎりの優れた小説家しかいない。

つい昨夜も、NHKでかなり力の入ったドラマをやっていたのだが、〝大事なことを二人の登場人物がしゃべる〟というシーンがどうしても出てきてしまって、二人がまったりと夜景かなんかを眺めながら昔の話なんかをしているそのあいだ、カメラは二人の表情をいったりきたりするだけで、こういう機敏な動きを忘れてしまう。

小説も映画もテレビのドラマも、ただ筋を語ればいいというものではない。映画やドラマならカメラが何を写すか、小説なら何が書かれているか、というその要素によって、作品独自の運動が生まれて、それが本当の意味での面白さになる。もっといえば、それだけが作品独自の〝何か〟を語り出す。逆に、この運動がなくて、同じ対象や同じ気分にとどまる作品は、ただ感傷的になることで読者の満足感を演出することしか知らない。

この機敏な動きは導入部分だけでなく、この小説全体で止まることがない。だからそれに気がついた――つまり、それを楽しむことのできた――読者はきっと、一見簡単でするりとした外見（つまり「筋」）にもかかわらず、読むのに案外時間がかかっただろう。気がつかなかった読者は（だいたい感傷的な展開しか期待しないタイプの人たちだから）、「なに、これ」としか思わなかっただろう。不幸なことだが、ふつうの読者だけでなく、仕事で毎日のように小説を読んでいる評論家も、仕事ゆえに注意力が麻痺していて、この小説の運動に気がつかず、「十把ひとからげ」の新人と同じだと思ってしまう。しかし柴崎友香はそうじゃない。ちょっとだけ目新しい書き手は簡単に発見できるけれど、柴崎友香はもっとずっと異質な書き手だからその新しさに気づくのが難しく、読み手自身の力量が問われることになる。

柴崎友香は、あの『ストレンジャー・ザン・パラダイス』のジム・ジャームッシュがもたらしたショックを正しく、真っ正面から受け止めた小説家だと思う。『ストレンジャー～』が日本で公開されたのは八六年のことで、もうかれこれ二十年前のことになろうとしているけれど、小説家も映画監督もほとんどみんな、そんな映画がなかったかのようにして、小説を書いたり映画を撮ったりしている。でも『ストレンジャー～』は、映画でも小説でも、すべてのフィクションを、作ったり見たり読んだりする人たちの心に、深刻なものを投げ込んだ。

彼は現在を生きる私たちが、未来に希望を持っていないことを『ストレンジャー～』によって、はっきりと見せてしまった。未来に希望がないとしたら、「あるのは絶望だけだ」というのは、『ストレンジャー～』以前の考え方で、私たちは未来に対して希望も持っていないけれど絶望も感じていない。

つまり、未来はもうかつて信じられていたみたいな〝特別な〟ものではない。それを私たちはよく知っている。だから、『ストレンジャー～』を境にして、フィクションの時間はもう未来に向かって真っ直ぐ進まなくなってしまった。それはフィクションの構造にも、ストーリーやテーマの展開にも、両方にあてはまる。未来には希望も絶望もないけれど、今はある。見たり聞いたり感じたりすることが、今このときに現に起こっているんだから、フィクションだけでなく、生きることそのものも、過去にも横にも想像力を広げていくことができるのではないか。もしそれが未来に向かったとしても、過去やいま横にあることと等価なものとしての未来だろう。

作り手として世界に何かひとつのことを投げ込むだけでも大変なことで、ジャームッシュ本人は目覚ましい展開がないまま最近ではニール・ヤングのツアーを撮ったりしているが、ジャームッシュ以降の可能性は、確実に、柴崎友香に受け継がれている。

本書は二〇〇〇年一月、河出書房新社より単行本として刊行されました

初出……「レッド、イエロー、オレンジ、オレンジ、ブルー」は『文藝別冊　J文学をより楽しむためのブックチャート Best 200』

「途中で」は『文藝』一九九九年冬号

「きょうのできごとのつづきのできごと」は『文藝』二〇〇四年春号

「もうひとつの、きょうのできごと」は単行本『もうひとつの、きょうのできごと』（二〇〇四年小社刊）に所収

きょうのできごと　増補新版

二〇〇四年　三　月二〇日　初版発行
二〇一八年　七　月一〇日　増補新版初版印刷
二〇一八年　七　月二〇日　増補新版初版発行

著　者　柴崎友香（しばさきともか）

発行者　小野寺優
発行所　株式会社河出書房新社
〒一五一－〇〇五一
東京都渋谷区千駄ヶ谷二－三二－二
電話〇三－三四〇四－八六一一（編集）
〇三－三四〇四－一二〇一（営業）
http://www.kawade.co.jp/

ロゴ・表紙デザイン　粟津潔
本文フォーマット　佐々木暁
本文組版　KAWADE DTP WORKS
印刷・製本　凸版印刷株式会社

Printed in Japan　ISBN978-4-309-41624-3

寝ても覚めても　増補新版

柴崎友香　41618-2

消えた恋人に生き写しの男に出会い恋に落ちた朝子だが……運命の恋を描く野間文芸新人賞受賞作。芥川賞作家の代表長篇が濱口竜介監督・東出昌大主演で映画化。マンガとコラボした書き下ろし番外篇を増補。

次の町まで、きみはどんな歌をうたうの？

柴崎友香　40786-9

幻の初期作品が待望の文庫化！　大阪発東京行。友人カップルのドライブに男二人がむりやり便乗。四人それぞれの思いを乗せた旅の行方は？　切なく、歯痒い、心に残るロード・ラブ・ストーリー。

ショートカット

柴崎友香　40836-1

人を思う気持ちはいつだって距離を越える。離れた場所や時間でも、会いたいと思えば会える。遠く離れた距離で“ショートカット”する恋人たちが体験する日常の“奇跡”を描いた傑作。

フルタイムライフ

柴崎友香　40935-1

新人ＯＬ喜多川春子。なれない仕事に奮闘中の毎日。季節は移り、やがて周囲も変化し始める。昼休みに時々会う正吉が気になり出した春子の心にも、小さな変化が訪れて……新入社員の十ヶ月を描く傑作長篇。

また会う日まで

柴崎友香　41041-8

好きなのになぜか会えない人がいる……ＯＬ有麻は二十五歳。あの修学旅行の夜、鳴海くんとの間に流れた特別な感情を、会って確かめたいと突然思いたつ。有麻のせつない一週間の休暇を描く話題作！

ビリジアン

柴崎友香　41464-5

突然空が黄色くなった十一歳の日、爆竹を鳴らし続ける十四歳の日……十歳から十九歳の日々を、自由に時を往き来しながら描く、不思議な魅力に満ちた、芥川賞作家の代表作。有栖川有栖氏、柴田元幸氏絶賛！